24 HOURS IN ANCIENT ATHENS

A DAY IN THE LIFE OF THE PEOPLE WHO LIVED THERE

古雅典二十四小时

[英] 菲利普·马蒂塞克 (Philip Matyszak) 著

袁婧 译

北京联合出版公司 · 后浪
Beijing United Publishing Co.,Ltd.

图书在版编目（CIP）数据

古雅典二十四小时 /（英）菲利普·马蒂塞克著；袁婧译. -- 北京：北京联合出版公司，2022.4（2022.10重印）
ISBN 978-7-5596-3805-2

Ⅰ. ①古… Ⅱ. ①菲… ②袁… Ⅲ. ①故事－作品集－英国－现代 Ⅳ. ①I561.45

中国版本图书馆CIP数据核字（2019）第257873号

古雅典二十四小时

作　　者：［英］菲利普·马蒂塞克（Philip Matyszak）
译　　者：袁　婧
出 品 人：赵红仕　　出版监制：刘　凯　赵鑫玮
选题策划：联合低音　　责任编辑：夏应鹏
封面设计：何　睦　　内文排版：书情文化

关注联合低音

北京联合出版公司出版（北京市西城区德外大街83号楼9层　100088）
北京市联合天畅文化传播公司发行
北京美图印务有限公司印刷　新华书店经销
字数 165千字　880毫米 × 1230毫米　1/32　8.75印张
2022年4月第1版　2022年10月第2次印刷
ISBN 978-7-5596-3805-2
定价：45.00元

献给T.P，克罗斯盖茨的舞蹈皇后

目　录

引言

欢迎来到公元前 416 年的雅典。此时正值爱拉斐波里昂月[1]，欢腾的酒神节（公历 4 月初）前夕。此时，雅典的城市人口约有 30 000，每平方英尺[2]上散落的天才比人类历史上任何时期都要多。

这座城市正徘徊在战争的边缘，并将最终走向黄金时代的终结点。我们会与普通雅典人一起度过二十四小时，偶尔他们会在城中遇到伟人，但这里没有睿智的伟大时刻，只有普通人的日常生活。毕竟，天才作为天才的时刻是少数。大部分时间，他们也是普通人，会上厕所、和配偶吵架，或是和朋友喝酒。

多数古代文献中的寻常雅典人只有在与城市精英交往时才能作为陪衬出现。这本书要换个思路，雅典的天才们只有在与寻常市民日常接触时才会出现。

---

1 爱拉斐波里昂月（Elaphebolion）是古希腊历法中的第 9 个月，意为射鹿节之月，时间约为现代公历的 3—4 月间。——译者注

2 1 平方英尺约折合 929 平方厘米。——译者注

本书有部分不是基于考古学重构的内容，它们通常是从普通雅典人的角度重新包装呈现的同时代文本。对于这部分重构的内容，我会在文中注明在哪里可以找到出处。

虽然有些内容重构是推测性质的，但参考的史料是目前已知最翔实的。这些雅典人一天中的每一个小时都是为了尽可能刻画——最好使用专属于同样的雅典人的话来表达——他们在这座城市的日常生活。这是一座处于巅峰时刻的城市，卓尔不凡，充满活力，辉煌灿烂，是非难辨。

这是公元前 416 年春季的一天，雅典迎来了战争期间的一段和平时期，惨烈的伯罗奔尼撒战争从公元前 431 年持续到公元前 404 年。《尼西阿斯和约》的签订为第一阶段的战争画上了休止符，和平已经延续了五年。虽然斯巴达人仍在不断袭击，毁坏雅典的农场和果园，但经过战争的洗礼，雅典人已经比以往更加坚强。确切地说，在亚西比德这个雅典政治危险分子的鼓动下，这座城市正酝酿着侵略和征服西西里的莽撞计划。

在划时代革新和政治阴谋的狂热氛围中，西方文明在奴隶制和帝国统治之下逐渐成形，在这特殊的环境中，雅典平民继续着自己的日常生活。

这是他们的故事。

夜晚的第七个小时

（00：00—01：00）

圣殿守卫犹记得

雅典几乎不存在无神论者。如果有个别不信神的人，只要与伊利斯人彭塔克斯（Pentarkes）交换个位置，很有可能就会改变信仰。眼下，彭塔克斯正站在雅典卫城核心地带供奉雅典娜女神的帕特农神庙守夜。此时正值午夜，彭塔克斯能清晰感受到女神的存在。她现在就矗立在他的身后。

油灯闪烁的火光将女神的影子投射在他眼前，她的华冠略有些歪，就好像雅典娜女神歪着头，琢磨着眼前的这个凡人。彭塔克斯知道她的眼睛在日光下会泛着青金石的蓝色，现在才会显出真正的本色，那是雅典黎明前天空的铁灰色。他们称她为“灰眼女神”：神圣的雅典娜，智慧之女，战争女神。

彭塔克斯缓慢地转过身，只从她脚边璀璨的油池里看她的倒影。不用向上仰望，他知道她非常高大，足有男子身高的九倍，皮肤呈象牙白色。一只苍白的手臂向前伸去，仿佛将胜利当作奖赏赠予世人。不过确实如此，女神的金矛倚着肩膀，让胜利的化身尼姬（Nike）栖停在自己的手掌上。

胜利是反复无常的，任何时候都有可能扇着镀金的翅膀飞走，人们需要确定雅典娜始终保护着她的城市，才能够安心。和其他雅典女性相同，女神也穿着佩普洛斯长袍（peplos），衣服从肩上垂下来，腰间系上腰带，优雅地垂到脚踝。平民的长袍材质简朴，使用原色毛料。贵族女性可以炫耀自己紫色亚麻材质的长袍。只有宙斯的宠儿、英雄的伙伴雅典娜才能穿起纯金的长袍。

彭塔克斯后退一步，以便更清楚地看到女神的脸。她今晚看起来格外严肃。不知她是否回忆起半个世纪前，那位天才赋予她生命的那一天？神圣的雅典娜从宙斯的头颅中出生，但她这尊躯体，这尊神庙中专门为她修建的令人赞叹的雕像是由菲狄亚斯制作完成的，他不仅是这个时代最伟大的雕塑家，而且（在彭塔克斯眼中）是有史以来最伟大的雕塑家。

菲狄亚斯的雕像是有史以来最完美的。

西塞罗《论演说家》2.9

如今已时过境迁。但雅典娜庄严依旧，又莫名可亲可近，白天宏伟壮观，只有在这灯光下、在彭塔克斯的守卫下，才有了生气。

大约十七年前，彭塔克斯第一次在伯罗奔尼撒半岛的小城伊利斯见到菲狄亚斯。那时他年纪还小，身为运动员的他受到了特殊礼遇，雕塑大师对他来到作坊表示欢迎。菲狄亚斯向他解释，为希腊伟大的神祇制作雕像是少数人的殊荣。在伊利斯，这位雅典雕塑家接受委托，准备创作一件杰作——一尊纪念强大的天神宙斯，即奥林匹亚庇护者的雕像（此时，伊利斯城负责举办奥运会）。

彭塔克斯还记得菲狄亚斯在满是灰尘的作坊里来回踱步，屋里散落着大理石、象牙和稀有的雪松木样料。他忘了年轻的客人在场，开始喃喃自语。“对极重要的事做出决断的时候，要展示的就是这个瞬间。庄重，肃穆，威严。没错！”他引用了《伊利亚特》（*Iliad*）中的句子：

> 科罗诺斯之子说完点头，抖动了浓黑的眉毛，一绺涂着仙液的头发，从天神永生的头上飘下，摇撼着奥林匹斯山脉。[1]

“对！荷马是对的。他要坐在宝座上，要像雕刻雅典娜那样，用黄金和象牙做成一尊华丽的雕像。他头上要戴一顶

1 Homer，*Iliad* 1.528.

王冠，不，是花环。要做一个橄榄树嫩芽编成的花环——呼应橄榄女神雅典娜是从花环下的眉间生出来的。”

“胜利属于奥林匹克冠军，所以他手中也要举着尼姬（希望雅典娜不会介意）。宙斯的另一只手里握着权杖。我要向委员会申请拨款，用不同种类的宝石把权杖包裹起来。权杖上面嘛，一定要停着一只鹰。金的！袍子也要是金的，上面绣着各式各样的动物和花朵图案。我想应该是百合花吧。百合刻出来很好看。”

百合花雕刻得确实好看。在他向瞠目结舌、满心欢喜的公众展示这尊雕塑的十二年后，奥林匹亚宙斯神像与吉萨大金字塔、巴比伦空中花园并称当今已知的世界奇迹。不过，伊利斯的民众将杰作归功于雅典。但雅典此时并不处在伟大的全盛时刻，而是在那些怀有卑鄙嫉妒之心、背后捅刀、煽动民心的政客手中进入了最糟的时代。

依我之见，菲狄亚斯乃唯一描绘出奥林匹亚宙斯神韵的艺术家。我满怀期待前来观赏杰作，却发现它远远超出想象。

马其顿征服者卢基乌斯·埃米利乌斯·保卢斯

波利比乌斯《历史》30.10

那时，菲狄亚斯还是个小伙子，波斯战争没过多久就结束了。公元前 480 年，波斯军队占领了雅典，并在这里极尽毁坏之能事，雅典大部分地区至今仍是一片废墟。波斯人将怒火集中在雅典卫城。崇拜火神的波斯人用不上雅典娜神庙，将它直接拆毁了。

伯里克利（Pericles）领导的雅典式民主并非出自轮换或选举，而是全凭他个人的力量。他决定重建雅典卫城，尤其是雅典娜神庙，并且要超越世界上其他所有建筑。这座新神庙只用最好的材料：彭泰利库斯山上的大理石做墙体，雪松做顶梁，地砖镀金。

黄金分割

把一条直线一分为二，使长线长度除以短线长度的比率，等于整条线的长度除以长线长度的比率。此时长线与短线的比率为 1.618…（像 π 一样的无限小数）。

黄金分割常用于艺术和工程领域，建筑业是艺术和工程的结合，自然也有广泛应用。帕特农神庙的长度和宽度的比值符合黄金分割，这并不奇怪，发现这一比率的人正是菲狄亚斯。在数学方程中，人们用希腊字母“Φ”（phi）来代表这一比率，这也是菲狄亚斯名字的开头字母。

小一点的雕像可以用帕罗斯岛的大理石，这是世界上已知最好的石材。雅典娜的雕像是神庙的核心，神庙是整座雅典卫城的核心。对于这样一座雕塑，大理石已经不够格。雕像应当用抛光象牙和纯金制成，透过庄严的雅典娜，朝拜者看到的是雅典娜的城市与人民的伟大。

工程监督委员会由三人组成。一人负责劳工和材料，一人负责建筑和工程，一人负责将所有元素融合成一件艺术品。这第三个人就是菲狄亚斯。

无可否认，菲狄亚斯等人的工作相当出色。但在虚荣的光环下，菲狄亚斯纵容了自己和赞助人伯里克利。在描绘雅典人与阿玛戎人战斗的饰带浮雕上，他把自己雕刻成一个向敌人投掷石块的战士，并将伯里克利惟妙惟肖地雕刻进作品中。更糟糕的是，有传言说菲狄亚斯曾邀请出身名门的女性观看创作中的作品，而实际上是为伯里克利创造机会勾引对方。

伯里克利的对头打算通过击垮菲狄亚斯来扳倒他。于是，他们雇了一个雕刻家出面做证，称菲狄亚斯帮自己私藏了分配给雅典娜衣装的黄金。

这是一笔丰厚的黄金，帕特农神庙的雅典娜神像不仅仅是为了显示雅典的荣光，更是这座城市的储备银行。在紧急情况下，女神长袍上的黄金可以取下来，用于支付船只和人员开支，前提是事后要补上等量黄金。其实，雕像坐落的神庙内殿也很特殊。与神庙中多数内殿不同，这一间分成两部分。女神身后的后殿是一间储藏室，储存着城邦的金银财富，以及其他城邦进贡的贡品。

伯里克利早已预见到这项工程可能会遭到污蔑。因此他嘱咐菲狄亚斯，女神的金装一定要可穿脱的，必要时可以取下来称重。事实证明，黄金全都用了，一点不少。但这位奸诈的助手说：“啊哈，我说的是金子吗？我指的是象牙。他侵吞了装饰雕像所用的象牙。”象牙和雕像不可分割，无法取下来称重。由于无法证明自己的清白，菲狄亚斯很快被判有罪并被送进了监狱。

彭塔克斯不知道菲狄亚斯是怎么从雅典的监狱逃到伯罗奔尼撒半岛的伊利斯小城的，也不知道他是怎么变成了宙斯神像的首席设计师。几乎可以肯定的是，伯里克利是幕后推

菲狄亚斯向委员会展示他史诗级的雅典娜雕塑模型

手，即便菲狄亚斯突然离开，帕特农神庙的工程也要继续下去。

这意味着仍然需要菲狄亚斯。他在雅典留下了一批年轻的艺术家，这些学生接受了挑战，继续完成老师的事业。彭塔克斯还记得，那时总会有雅典来的信使突然闯进伊利斯工坊。提出的问题涉不同雕像的比例，雕像应当如何排列，山墙应选用的石材类型，以及成千上万的微小细节。时光推移，伴随着项目的不断进展，彭塔克斯像菲狄亚斯一样迷恋上了帕特农神庙，他一定要亲眼去看看这座宏伟的建筑，以及那激动人心的雅典娜神像，虽然后者差点要了他老师的性命。他对自己所听到的无数细节如何变为现实好奇不已。

菲狄亚斯允许他的学生前去参观，但他自己不愿意前往。后来，彭塔克斯发现菲狄亚斯延续了雕刻雅典娜时的任性行为。在宙斯雕像的底座那里接受奖赏的年轻人正是彭塔克斯。

亚伯拉罕·宙斯·林肯

对宙斯神像感兴趣的人可以去华盛顿特区参观一下众多伪希腊神庙中的一座（早期美国人知道这是经典）。林肯纪念堂拥有饰带浮雕和多立克式大理石柱，殿内有一尊林肯雕像，他端坐在宝座一样的椅子上，刻意仿照理想的奥林匹亚宙斯样子雕刻（雕像的高度不到 6 米，只有菲狄亚斯宙斯雕像的一半高）。雕像所在的纪念馆馆体为 57.8 米 ×36.1 米，接近菲狄亚斯的黄金分割。

一些使用手语的人表示，林肯雕像的作者像菲狄亚斯一样，忍不住在作品中添加了隐藏信息。端坐的林肯用手语比出了“A. L.”，这可能是雕塑家为了照顾自己失聪的儿子。

如何评价雅典？对一个来自乡村小镇的青年人来说，这地方让人无法抗拒。他在集市广场的人群中穿行而过，心情格外激动，耳边充斥着叙拉古人和波斯人带着口音的讲话声，与近乎赤身裸体的色雷斯奴隶的野蛮低语声交织在一起。在伊利斯小城，最晚睡的人也会在日落后不久便就寝；而在雅典，人们手擎着火炬直到深夜。街头艺术家和杂技演员在表演，哲学家们在几码[1]之外的门廊里辩论着现实的意义。

彭塔克斯相信，在船驶入比雷埃夫斯港的那一刻，他就已经成了雅典人。雅典的港口挤满了船只，从矮小的本地渔船到笨重的商船，还有鲨鱼一样的三角帆船在港口内游弋。他无法将视线从这喧闹、繁忙和混乱中移开。

后来他才明白，这种氛围并非比雷埃夫斯港特有，整座

1 1 码约折合 0.91 米。——译者注

城市都沉浸在这样的情绪之中。雅典人也许并不知道这座城市会怎样，也不知道要做些什么，但他们比所有人前进的速度都要快，过程都更华丽。那似乎是一个一切皆有可能的时代。

在从比雷埃夫斯港通往雅典的路上，彭塔克斯在宙斯神庙附近的帕纳戈拉和得墨忒里欧斯（Phanagora and Demetrios）酒馆楼上租了一个房间。白天他在卫城里游荡，凭借自己和菲狄亚斯的交情混进雕刻家、画家和石匠的小圈子里。当他们工作时，他能看到史上最美丽的建筑在眼前慢慢成形。彭塔克斯怎么舍得离开呢？

到了下午晚些时候和夜晚时分，彭塔克斯会在楼下的酒馆里帮忙，赚些零花钱。他一边工作，一边向愿意倾听的人热情描述着帕特农神庙未来的美景。在这里，他有了一名十分忠诚的听众赛琳德玲（Celandine），她是酒馆老板的女儿。白屈菜是一种美丽的黄色野花，彭塔克斯也觉得这种花很美[1]。

随着时间的推移，赛琳德玲被更正式地称为“赛琳德玲，伊利斯人彭塔克斯之妻”，彭塔克斯开始向岳母学习打理酒馆的生意。

彭塔克斯变成了雅典人。准确地说，他变成了外邦人。真正的雅典公民必须出生在雅典，父母也是雅典人。俗话

1 Celandine 即白屈菜，酒馆老板的女儿以花为名。——译者注

说："你不可能变成雅典人，就像猫不可能变成狗。"但成为客籍民已经向前又迈进了一步。外邦人，metic，是 metoikos 的简称，字面意思是"改变了居住地的人"。雅典人十分在意公民身份，但又离不开外邦人。成千上万的商人、书记员、牧师、水手，当然还有酒馆老板，都以外邦人的身份生活在这里。

"纯血"雅典人喜欢嘲笑外邦人，但外邦人受到冷嘲热讽相当平静，他们往往比那些讽刺挖苦的雅典人富有得多。很多雅典人都是农民，外邦人禁止拥有农产。如果雅典人知道自己在外邦人口中是"乡巴佬"，可能就不会有很高的优越感了。

外邦人是推动雅典经济繁荣的复合发动机，他们纳的税为统治海洋的雅典三列桨战船提供了动力（为了享有居住在雅典的特权，外邦人要额外纳税）。即便是在雅典帮忙打理酒馆，也比彭塔克斯在伊利斯做小地主的收入高得多，所以他对自己较低的社会地位毫不在意。如今他有一个健康的儿子和一个胖乎乎的漂亮女儿，他们也是外邦人，不过他们根本不了解雅典之外的地方。

作为外邦人，彭塔克斯不能参加议会（他和雅典妇女、奴隶一道被排除在议会之外），也不能担任陪审员。当然，他可以在雅典法庭起诉，事实上，最近有供应商把醋冒充酒卖给他，他就这么做了。他还记得陪审员们的表情，他盛了一大杯给大家传递品尝，他们立刻判定供应商全额退款赔偿损失。

虽然不能参加议会，议会法令还是会对彭塔克斯的生活产生影响。外邦人也需要在雅典军队中服役，并像所有公民一样接受完整的训练。彭塔克斯足够富有，买得起全套的装备——这套装备使他成为全副武装的重装步兵，成为雅典最顶尖的战士。如果雅典发动战争，不管他是否愿意，都必须与投票支持战争的人并肩作战。

在之前和斯巴达的对战中，彭塔克斯在色雷斯服役，因此躲过了雅典毁灭性的瘟疫，但疾病还是卷走了他亲爱的赛琳德玲的生命（他不在的时候，酒馆由他的岳母、坚毅的帕纳戈拉打理）。如今，外邦人彭塔克斯已经是雅典忠实的仆人了。没人会质疑他在卫城卫队中服役的资格，即便是在卫城的中心地带雅典娜神庙也是一样。

凉鞋在石头上磨出了印记，马上就要换班了。彭塔克斯的守卫工作即将结束。接下来会有人接替他站在女神身旁，但究竟是谁在守卫谁，彭塔克斯也说不清楚。他会回到守卫室，和其他守卫胡侃几句低俗笑话，喝上一大杯便宜葡萄酒，在晨岗前睡上几个小时。

然后，他将再次上岗，当黎明将铁灰色的天空染上彩色，第一拨小小的人影就会填满下面的广场。下班前，他会在圣殿逗留，再次向他的女神致敬。然后，沿着长长的台阶而下，穿过检查站去往下城，长墙间的小路通向他酒馆的家。

有时他会想，菲狄亚斯后来怎么样了。在与斯巴达对战的时候，菲狄亚斯从与雅典为敌的伊利斯溜走了，没人知道他后来怎么样了。他就这样带着才华从世界上永远消失了。彭塔克斯的发际线已经逐渐后退，脸也在长久的夏日作战中晒成了皮革的颜色，若是此时再相见，菲狄亚斯会怎样描绘自己呢？

菲狄亚斯是世上最知名的雕塑家……他理所应当受到赞扬。

老普林尼《博物志》36.18

他是穿着盔甲的老练战士，是快活地和顾客开玩笑的酒馆老板，谁也不会把他和伊利斯那个瘦削、闪着金光的男孩联系在一起。然而，宙斯在奥林匹亚威严端坐，在众神之王的手指上，菲狄亚斯刻下了一个名字——彭塔克斯·卡洛斯（Pentarkes Kalos），意思是“美丽的彭塔克斯”。

是的，彭塔克斯想。他的胸甲之下是遮掩不住的大肚子，一年比一年大。但那时，我是美的。

菲狄亚斯

公元前450年左右，伯里克利委托菲狄亚斯负责雅典主要建筑项目中的艺术工程，后者就此进入历史记录之中。人们认为菲狄亚斯创造了雕塑的最高典范。他的作品展现了男性和女性最完美的全盛体态，以及遥远安宁的神情。自然，这也是描绘希腊诸神的范本（当人们说“他有希腊神明般的身体”时，他们所指的正是菲狄亚斯版本的神）。

我们对菲狄亚斯的了解大部分来源于普鲁塔克（Plutarch）的描述，他在500多年后对此进行了记录。关于菲狄亚斯被放逐的记录异常模糊，但根据柏拉图的描述，在菲狄亚斯来到伊利斯之后，人们迫切需要他的技能，这让他变得非常富有（柏拉图《美诺篇》91D）。人们普遍认为菲狄亚斯并非安然离世，但尚不清楚他究竟是死于雅典人、伊利斯人还是斯巴达人之手。

夜晚的第八个小时

（01：00—02：00）

奴隶们嬉闹玩乐

准确来说，达蕾亚（Dareia）所处的位置是“男人屋”，是这房子里专门给男性预留的空间。一般房主会在此处招待客人。但很明显，这个房间并没有安排这类的用途。油灯光线微弱，只能照出一张写字的桌子，在阴影中，睡觉的长椅被推到了墙边，上面堆放着卷轴、衣服和吃了一半的橄榄面包。

不仅如此，占据这间男人屋的是女人。她们的头发顺着脖子垂下来，两个人正在研究桌子上的东西。突然，达蕾亚的同伴用戏剧般的语调开腔。

“啊，拉姆皮托。亲爱的斯巴达姑娘，你那张可爱的脸庞，沐浴在玫瑰色的春天里！你迈着轻快的步伐，漂亮又苗条，但你看起来能勒死一头公牛。”

达蕾亚兴致勃勃地尝试模仿斯巴达中的开元音的口音作为回应，但她又有些不确定，这声音听起来像是得了感冒。斯巴达是个隐居的民族，少数来自拉科尼亚（Laconia）[1]的人在雅典格外显眼，所以她并没有接触过太多可供模仿的素材。

她研究起面前的卷轴。怎样才能沐浴在玫瑰色的春天里呢？在这里，剧作家写下“玫瑰色”，实际上他已经把这个词划掉了，最后又加了回来。

她的同伴克律塞伊丝（Chryseis）不耐烦地叹了口气，继续扮演剧中的角色。“你的胸脯真美！”

达蕾亚躲开了克律塞伊丝乱摸的双手，克律塞伊丝抗议道：“剧本就是这么写的——你看，你应该回应：‘噢，你这样又是挠痒痒又是左拍右打，让我觉得自己好像是圣坛上的祭品。’”

达蕾亚好奇这段情节是不是为了增加趣味。她记得在雅典的舞台上，只有男演员才能念台词、表演动作（雅典戏剧中的女性角色也由男性扮演）。没错，两个男人在舞台上深情抚摸一对假胸，确实是剧作家——她的主人阿里斯托芬（Aristophanes）声名狼藉的黄段子。

达蕾亚知道自己和克律塞伊丝都不是寻常的女奴，她们

---

1 拉科尼亚，斯巴达的核心区域，位于今希腊伯罗奔尼撒半岛东南部。——译者注

两个都识字。这是众多拥有自由身的女孩无法企及的成就。但对于雅典著名喜剧作家的仆人来说，有这样的能力就不足为奇了。剧作家阿里斯托芬刚刚就寝，留下了新写好的带着墨迹的手稿，给两个热忱的女奴排练的机会。

克律塞伊丝研究起自己角色的名字。“利西翠妲（Lysistrata），这名字并不常见。谁会给自己女儿起名叫作‘解散军队’呢？为什么不选意味着新生的妮阿娅（Neaira）或是代表美丽的尤多基亚（Eudokia），这样的名字不好吗？”

“但是，即便有了好名字也要听天由命。比如欧多克索斯（Eudoxus）家的那个姑娘叶卡捷琳娜（Ekaterina）——名字有‘纯洁’的意思，实际却交了一打男朋友。看看我，我的名字意思是‘财富’，可实际上连身上这件长袍都不是我自己的。你的名字是克律塞伊丝……”达蕾亚尴尬地停了下来。

克律塞伊丝的名字是她的一个痛处。在雅典，成为奴隶的原因多种多样。克律塞伊丝告诉过达蕾亚，25年前，吕喀亚（Lycian）的海盗在哈利卡纳苏斯（Halicarnassus）附近劫持了一艘船。克律塞伊丝的母亲就在这艘船上，她是个小贵族的女儿。由于这位贵族父亲拒绝向海盗支付赎金，他的女儿被卖为奴隶（这位贵族父亲另外还有两个女儿，盼着拿到丰厚的嫁妆，这可能影响了他的决定）。于是，当克律塞伊丝出生时，她的母亲已是安纳托利亚（Anatolia）一个波斯小头目的小妾了。

她的名字意思是“金色”，但克律塞伊丝和她的波斯父亲一样皮肤黝黑。希腊军队突袭了她所居住的沿海小镇，十八岁的克律塞伊丝成为突袭的战利品，在雅典公开出售。她的母亲曾教过她读书识字，这吸引了剧作家阿里斯托芬的注意力，他需要一个身兼秘书、清洁工和杂役的奴隶。从那以后，克律塞伊丝就一直住在剧作家的家里。

至少克律塞伊丝知道自己的父亲是谁。达蕾亚并不知道。她那野心勃勃的母亲给她取了这个名字。她的母亲是库达忒奈翁区（kydathenaion，雅典城内五个行政区中最大的一个）一家高级妓院的奴隶妓女。她并不想让女儿继承这份职业，设法让她识些字，并且学会基本的会计技能。于是，达蕾亚最终被卖给了妓院的常客——阿里斯托芬。达蕾亚就这样来到了这个家，出于生活无聊等原因，克律塞伊丝教会了达蕾亚读写。

这并不是件坏事。两个女孩虽然终身为奴，但她们认为自己远比那些在贫民区乞讨的自由人强百倍。至少她们有吃有穿，晚上有温暖的床睡觉。

此外，大多数希腊人认为奴隶制是严峻的社会问题，而并非与生俱来的遗传特质（也有希腊人认为，野蛮人生来就是奴隶）。受过良好教育的奴隶和他们的主人一样，身份都是暂时的。当然，达蕾亚和克律塞伊丝不想到死都受奴役。有个腓尼基商人的侍从频频向克律塞伊丝献殷勤，他喜欢她古铜色的皮肤和鬈曲的深色头发。如果阿里斯托芬把她卖掉，克律塞伊丝会嫁给那侍从，并要求恢复自由身作为陪嫁。在那之后，一切皆有可能。

而达蕾亚的目标是阿里斯托芬本人。这有什么不好的呢？很多小妾都是这样变成正妻的。阿里斯托芬三十出头，正是适合结婚的年纪。雅典男人喜欢娶比自己小十到十五岁的妻子，所以他和十七岁的达蕾亚还是很般配的。为什么他一定要娶一个自己几乎不认识、呆头呆脑的贵族女孩呢？

喜剧缪斯塔利亚手持喜剧面具

阿里斯托芬并不需要为钱结婚，也不怎么在乎雅典的政治精英，而且他还常在作品中讽刺他们。几年前，民粹政治家克里昂被一出喜剧中针对自己的描写所激怒，将阿里斯托芬拖入法庭［尽管如此——或许正因如此——这出戏在当年的勒纳节（Lenaia）获得一等奖。雅典人显然没有领袖崇拜的情结］。

克里昂之所以愤怒，可能是因为阿里斯托芬巧妙地暗示这位政治家不够诚实。达蕾亚记得读到过这样几句话：

这个恶棍，厚颜无耻的贼，这个恶棍，这个恶棍——这一点怎样强调也不为过，毕竟他一天要作恶千次。抽打他，把他扔下去，让他碎尸万段，憎恨他……

你们像摇晃无花果树那样动摇国库……你们知道怎样敲诈那些诚实的公民，他们温顺如羔羊，富有又害怕吃官司。[1]

虽然克里昂对阿里斯托芬并无好感，但奇怪的是，苏格拉底却和阿里斯托芬关系融洽。从这件事可以观察到苏格拉底的为人，毕竟很少有人能禁得住阿里斯托芬在《云》（*Clouds*）中对苏格拉底那样的描写。人们很少见到专门描写一位哲学家的喜剧，这出戏丝毫不留情面地再现了苏格拉底其人性格和思想［这些思想是从一个被阿里斯托芬称为

1 Aristophanes, *Knights* passim.

“思想所”（Thinkery）的地方诞生的]。这出戏对阿里斯托芬来说并不是太成功。

后来，根据雅典的流言网络所传，达蕾亚发现戏剧不成功要归咎于苏格拉底本人。这位哲学家并没有因为这些针锋相对的冷嘲热讽感到畏缩或愤怒，而是真情实意地享受着整个过程。勒纳节上的喜剧引来成群的外国人观看，一些迷惑不解的观众会问：“这个苏格拉底是谁？”此时本尊就会站起来，兴高采烈地向观众自我介绍。

观众并没有为揭露了自大狂而在台下疯狂鼓掌，反而认为阿里斯托芬伤害了这位受过良好教育、好脾气的人，而此人恰好还可以说是位战斗英雄（在辩论道德与灵魂本质之余，苏格拉底也曾参战，如狂狼一般战斗）。阿里斯托芬的这出戏只获得了三等奖——参赛作品一共只有三部。

阿里斯托芬

阿里斯托芬是雅典“旧喜剧”流派中最伟大的作家，不过他有一个很大的优势，他是这一流派剧作家中唯一有作品流传下来的（我们保留了他大约四十部作品中的十一部）。

阿里斯托芬并不是在阁楼上忍饥挨饿的剧作家。他出生于富裕的家庭[他们似乎在埃伊纳岛（Aegina）上有家产]，接受过顶级教育。在某种程度上，他是一名研究荷马著作的学者，在当世众多哲学家中有自己的见地。

阿里斯托芬是坚决的反战主义者，《利西翠妲》是他痛斥战争的徒劳，谴责那些把城市拖入战争的愚蠢之人的一部戏剧。

我们不知道阿里斯托芬最后娶了谁，但他最后肯定结了婚，因为他三个儿子中的一个撰写了两部戏剧，并将其搬上舞台。公元前386年左右阿里斯托芬逝世时，这两部作品还尚未完成。

达蕾亚当然很喜欢《云》这部作品。其中一个主要角色斯瑞西阿得斯（Strepsiades）深陷债务之中，原因是他那被宠坏的贵族妻子默许自己同样被宠坏的儿子挥霍了父亲无法偿还的巨款。达蕾亚认为娶个贵族妻子不是什么好主意。那些女人沉迷于马匹、丝绸和奢侈的生活。阿里斯托芬需要的是外貌漂亮、善于操持家务、朴实而又时髦的妻子。想要找到这样的女人，阿里斯托芬只要看看床上自己枕边的另一只枕头就明白了。达蕾亚对自己的婚姻计划相当执着，但阿里斯托芬还是以文字为职业的呢，竟然连这样直白的暗示都看不明白。

短暂而紧张的沉默后，奴隶们继续研读《利西翠妲》的剧本。两人心照不宣地暂停了扮演活动。最后，克律塞伊丝说：“哦，原来是要我们拒绝性生活。”

达蕾亚停了下来，她还远远没有看到卷轴的这一部分。“为什么？因为某种宗教原因吗？”

“某种程度上是吧。所有希腊妇女都发誓拒绝性生活。喏，这里写的。‘我绝不会躺下盯着天花板，也绝不会像那刀柄上的狮子一样，用手和膝盖着地。’要完全禁欲。”

达蕾亚相当老到地评论起来：“还有其他的选择，比如……”

她停了下来，突然为这个剧本的言外之意所震撼。人们不会无缘无故地写反战剧本，所以市面上的谣言是真的。和平将要被打破了。

利西翠妲召集希腊妇女召开会议，要她们并拢膝盖，直到男人们停止争斗，虽然达蕾亚很赞赏这个点子，但她相信战争无论如何都会发生。到处都有争斗。最近雅典人在同埃及人作战，结果很不乐观，尽管如此，雅典人还是对小亚细亚发动了另一场战争，克律塞伊丝正是由于这样的征战才流落到雅典。还有斯巴达人，如今每个人都在说雅典征服西西里是多么容易。荷马是对的，人在厌倦战争之前，早已厌倦了美酒和舞蹈。

《利西翠妲》

这出戏剧于公元前 411 年上演，比我们预计的初稿完成时间晚了五年。那时，斯巴达人重回战场，继续与雅典开战，为利西翠妲的大获成功做好了铺垫。利西翠妲的故事正如上文描述的一样，讲述了一群希腊女性进行的性罢工，呼吁男人们停止互相残杀。

这部喜剧是阿里斯托芬公认的杰作，经常被翻译成英文纳入精选集。对于这一作品，现代有许多重新诠释的版本，这些版本的问题在于，他们通过公开的女权主义来诠释作者的意思。虽然阿里斯托芬比他的同辈人更加同情女性，但他还是用女性这个概念达成了喜剧的效果。

古希腊剧本中充斥着令人瞠目结舌的淫秽笑话，敏感的译者往往会对此加以掩饰。也许莎士比亚在创作带有政治色彩的色情文学时，是从这里获得的灵感。

达蕾亚讨厌战争再次爆发带来的不确定性。阿里[1]又要离开。他可能会被杀死。老实讲，如果战争的结果非常糟糕，达蕾亚和克律塞伊丝可能也活不下去了。

“战争是男人们的事。”克律塞伊丝说着，坐回达蕾亚旁边的灯下。

“所以我们只能静静坐在家里，孤独且遭人遗忘。”克律塞伊丝说，“我们只能忍受他们的脾气和孩子气的举动。

1 阿里斯托芬的昵称。——译者注

即便一言不发，我们也可以轻易了解战争的近况。待在家里的时候，他说不出个所以然。除非是从议会回来，才会带回些新鲜事，然而那些决定一个比一个蠢，把我们加速推向灭亡。倘若我们胆敢出言询问条约上写的是什么，只会得到恼怒的眼神和警告，让我们专心于梭子和织布机上的活计——否则屁股几个小时内都会感到疼痛灼热。”

达蕾亚被同伴的这番慷慨陈词吓了一跳。她不知道克律塞伊丝是这么能言善辩。后来她发现，当自己还在阅读卷轴的时候，克律塞伊丝已经看起了剧作家的笔记草稿，引用上面的句子。越过克律塞伊丝的肩头，达蕾亚看到阿里斯托芬潦草写下的“用抑扬格四音步”，不知道是什么意思。

达蕾亚咯咯地笑了起来。她知道自己为什么看不懂主人在写什么了。因为他还没有把黄段子加进去。这是阿里斯托芬最擅长的部分，他会用非常优雅的诗句描述相当肮脏的东西，以至于观众不知道是该表达赞赏还是愤怒。

她会以批判性的眼光看待主人的作品。她并不是专业评论家，但如果阿里斯托芬的新作品受到好评，家里的生活会好过很多。这很大程度上取决于合唱团。合唱团能够成就或毁了一出戏，则取决于他们排练的情况。这是合唱团的台词——等一下，达蕾亚大吃一惊，定定地看着桌上的纸堆。这里有另一个团。她发现阿里斯托芬在男性合唱团之外，还安排了女性合唱团。合唱团的人数翻了一倍，出错的概率也翻了一倍。但这是一种创新，达蕾亚认为戏剧爱好者会对此十分赞赏。

达蕾亚希望阿里斯托芬能再次在酒神节中获胜。酒神节比勒纳节更有分量。酒神节时，雅典顶尖的剧作家会公演作品。而勒纳节是个比较小的节日，大概在伽米里昂月[1]（约为现代公历1月），比酒神节提早两个月。剧作家一般先在勒纳节上小试身手，再在酒神节上倾力投入。

考虑到主人的取舍和性格，他很可能会在勒纳节上公演。不管作品是否受欢迎，他都想把这些事一吐为快。但这是有风险的。如果和平继续维持下去，那么这部剧根本没有公演的意义。阿里斯托芬很可能在浪费时间。她对克律塞伊丝说了这些想法，但对方并不以为然。

“不，你知道他。他会把剧本存上好几年，直到恶战爆发。未来一定会有战争，即便我们可以轻松赢下西西里。”

达蕾亚装作欢欣雀跃的样子。“四把达人会达过来，登着乔吧！[2]”

“哦，看在赫尔墨斯的分上！那口音真叫人厌恶。我们还有点时间。他工作到这么晚，一定早起不了。还想再试试拉姆皮托（Lampito）的角色吗？”

---

1 伽米里昂月（Gamelion）是古希腊历法中的第7个月，时间约为现代公历的1—2月间。——译者注

2 达蕾亚在模仿斯巴达人的口音，意为“斯巴达人会打过来，等着瞧吧！”。——编注

夜晚的第九个小时

（02：00—03：00）

医生医治奉神的少女

“有没有人注意到，坏消息从来是不等人的？无论是儿子在体育竞技中摘得桂冠，还是获得诗歌奖，人们都有耐心耗到第二天早晨才告诉你。但如果天琴座尚且挂在天上，就有人前来砸门——在他把你从毯子里拉出来之前，你就知道这绝对是个坏消息。”

菲科斯（Phoikos）医生透过屋顶斜望蓝色的天琴座。传说星座中的群星是俄耳甫斯（Orpheus）的七弦琴，歌曲令树上的鸟儿都为之着迷。俄耳甫斯因为妻子过早离世而哀恸之时，诸神都感动得流下了眼泪。

他已经不是第一次，也不会是最后一次被人从床上拉起来，但他还是头一次被雅典卫城雅典娜神庙的守卫叫醒。雅典娜·波利阿斯（城市守护神雅典娜）的女祭司突然生了病，菲科斯不知道等待自己的会是什么。女祭司死亡是很可怕的事，而这位女祭司如果死去，情况会更加糟糕，因为她只有十一岁。

她是奉神少女（Arrephoroi）中的一员，是“持有秘密之人”。根据情况不同，小女祭祀一般有两人或四人，年龄在七岁到十一岁之间。两人为现役，菲科斯那还未曾谋面的病患就是其中之一，另外还有两人为预备役，四年为一个接替周期。

这些女孩来自雅典的贵族家庭。一旦被选中侍奉雅典娜，她们便会离开家和女神住在一起。她们的新居所在卫城中一个名为厄瑞克忒翁神庙（Erechtheion）的特定区域。在古代，所有雅典人都居住在高城——“高城”指的就是“雅典卫城”。厄瑞克忒翁神庙这一小片地方也是供人居住的。如今，只有守卫和女祭司才能住在这里。早在两代人之前，波斯人摧毁了曾经的建筑，所以现在女祭司住的地方是新建的，还有附带的活动场所。

阿瑞封瑞翁（Arrephorion）

这片建筑是近代出土的。女祭司住在四柱廊的小方厅里，正面是一个长方形的庭院。由于遗址相当脆弱，石灰岩地基易遭雨水侵蚀，2006 年时，人们决定再次将阿瑞封瑞翁小心掩埋在曾保存了它 2000 年的地下。

不知道让这么小的孩子离开父母是不是件好事。当然，贵族家庭的女孩十四岁就会离家嫁人，可七岁的时候呢？菲科斯想起自己三岁的女儿还睡在帆布床上，一想到如果她这么小就要离开自己，他就感到不寒而栗。

然而，这就是雅典娜女神所需要的。这些女孩必须满七岁，因为在此前的两年，她们需要接受培训。女孩子需要在十一岁前完成最后两年的轮值，这是为了防止她们过早性成熟。如果有女祭司初潮提前，便破坏了整座城市的宗教日历，因为雅典娜的女祭司不仅需要是处女，而且不能具有生育能力。青春期前的小女孩可以同时满足这两条要求。

成组训练还有另一个原因。如果某个女祭司无法胜任侍奉工作，那么她的预备役便会接替上岗，此时宗教掌权者只能深吸一口气，祈祷新的预备役到来之前，一切都不会出差错。

医生这一小队人沿路前行，右边是卫城若隐若现的阴影，左边是亚略巴古山（Areopagus）。路的尽头是宽阔的雅典娜节日大道（Panathenaic Way），另一群擎着火炬、披着斗篷、隐藏在阴影中的人正等着他们，多数是守卫，还有生病孩子的父母。

菲科斯不禁想，如果这孩子不是神圣的女祭司，没有给家庭带来如此的荣耀，父母此时还会出现吗？每一个候选人都是由巴赛勒斯执政官（Archon Basileus），即“王的执政官”亲自挑选的（尽管雅典已经几个世纪没有国王了，但王室执政官在宗教事务、谋杀案件和其他民事事务中依然有很大的影响力)。一旦被选中，奉神的候选少女便不再为伯里克利“作为女性最大的光荣就是尽可能不被男人评论，无论那是赞扬还是批评”的标准所约束。甚至，整个雅典议会会公开讨论两个女孩的优点并进行投票。对于家庭而言，奉神女祭司的安危是头等大事。

帕纳里斯塔(Panarista)，马拉松的曼蒂亚斯(Mantias)之女；她的父亲和母亲，米莱努塔(Myrrhinoutta)的多西西奥斯(Dositheos)之女塞奥多特(Theodote)，及其兄弟们，克莱奥梅内斯(Kleomenes)和(姓名不详)，在其担任雅典娜·波利阿斯神庙侍女期间捐赠(此雕像)。

一座奉神少女纪念雕塑下的刻字，ig 2(2) 3488

另一方面，对一个家庭而言，女祭司病重比没有被选中更糟糕，病重意味着女神拒绝了她。也难怪这对父母惊慌失措。但当菲科斯走过去，看到母亲在火炬的光亮中闪着泪痕，由丈夫拥在怀里的时候，他不禁为自己的尖酸刻薄感到羞愧。

“是什么情况？”父亲问医生，声音低沉急切。

“我还没见到她，守卫告诉我她胡言乱语，没有感染的迹象。他们发现她的时候语无伦次，不久就不省人事。事情发生得很突然，下午她还在和伙伴们玩球。她们正在照顾她。”

“脑膜炎？”

“不排除这个可能性。要看病情发展的速度，以及是否危及生命。如果到了这个地步，我们的飞毛腿随时待命。我有个科斯岛（Kos）来的客人叫希波克拉底（Hippocrates）。如果情况严重，我会叫他来一起商量一下。但首先，我要自己去看看。”

“只剩四个月。”母亲抽泣起来，“四个月后，她就能提

给小病人触诊

着篮子回到我身边了。她曾是那么可爱的小姑娘。”菲科斯注意到她使用的是过去时。

母亲说的篮子是用来盛放“神秘之物”阿瑞塔（arreta）的。这是奉神仪式的秘密，雅典虽然没有人会谈论这神圣的仪式，但大家都知道仪式的内容。每隔四年，在夜色下，年轻的女祭司穿上专为此刻织成的纯白袍子。她们默默走向女神的祭坛，有两个盖盖子的篮子放在那里。篮子里的东西只有雅典娜才知道。

提着篮子，她们两人一组前行。沿着日常练习的路线，黑暗已经无法构成阻碍。篮子很重，但女孩们用女性从喷泉中取水的姿势将它扛起。她们默默地向着卫城北坡走去，并最终消失不见，仿佛大地将她们吞没了。实际的确如此，她们走下了一条地下通道，小心地沿着破旧的石阶向下。台阶之所以如此破旧，是因为年代久远——比任何人印象中都要更加古老。事实上，这条由天然洞穴改造而来的通道已经用了大约一千年。也许卫城最初的居民用它来取过水，在出口附近有一口废弃的水井，通道通向阿佛洛狄忒圣所（Sanctuary of Aphrodite）的花园。据传说，这口井中的泉水是 700 年前一次地震后干涸的。

通道的尽头也放了两个篮子。姑娘们默默将头顶的重担卸下来。她们放下手中的篮子，拿起地上的篮子。接下来崎岖之旅还要继续，她们沿着黑暗的通道走回雅典娜·波利阿斯祭坛。新的篮子在祭坛上放好，成年祭司走上前来完成仪式。奉神少女最关键的任务至此结束，职责履行完毕，她们可以从角色中脱身了。

神圣的仪式

关于这一宗教仪式最详尽的描述出自帕萨尼亚斯（Pausanias）的《希腊志》（*Guide to Greece*，1.27.3）一书。本章中所述的仪式和其他内容均来自此书。

人们自然会问，这神秘的仪式到底是为了什么。为了便于理解，我们要追溯到最初的奉神少女，名为赫尔赛（Herse）和阿格莱亚（Aglauros）的一对姐妹。神话发生在雅典建立不久之时，雅典娜亲自把一个神秘的篮子交给女孩们看管。她警告她们绝不可以往里面看，而且要把篮子放在雅典娜的橄榄树旁边——这棵树至今仍生长在她的神龛旁。

赫尔赛和阿格莱亚对篮子里的东西充满好奇。她们把篮子拿到地下洞穴的深处，以为雅典娜看不到。不管两个女孩看到了什么，最后她们都疯了，她们冲上石梯，一路爬到雅典卫城的高处，跳下自杀了。

人们普遍认为，篮子里装的是婴儿时期的厄瑞克透斯（Erichthonius），后成为雅典的第一位国王。曾有一位神企图对雅典娜实施强奸，随后女神将沾有未遂者精液的布扔到了一旁。神的精子活力惊人，孩子便是这块布接触地表孕育而生的。也许是由于出生时环境怪异，过了一段时间后，厄瑞克透斯才显出世人可接受的模样。在此之前，他只能躲在篮子里。

雅典娜对赫尔赛和阿格莱亚的毁约行为相当愤怒。诸神在脾气坏的时候没什么区别，雅典娜威胁要对整个雅典进行报复。这就是现今奉神少女出现的原因。这一制度是为了证明雅典的姑娘完全可以做到提起雅典娜神圣的篮子，并且永不偷看篮子里的东西。作为回应，雅典娜不再愤怒，并让露水落在神圣的橄榄树上。此后，这棵树便开了花，阿提卡的所有橄榄树都开了花。

橄榄是雅典人生活的中心。人们几乎每顿饭都会食用橄榄，橄榄油可用于烹饪、清洁、洗涤、医疗和照明。更重要的是，雅典娜是用露水赐福橄榄树，因此奉神少女的角色格外关键，她们的称谓“Arrephoroi”的字面意思就是“承接露水的人”。

雅典娜召来刻克洛普斯（Cecrops）见证自己对这座城市的所属权，种下了这棵至今依然长在潘朵席翁神庙（Pandroseion）的橄榄树……这片土地最终归属雅典娜，因为她是第一个赐福橄榄树的神。

伪阿波罗多洛斯《书库》（*Bibliotheca*）3.14

当然，对于生命中最重要的夜晚，孩子们只有这么些许的排练时间。她们还要参与编织乔克亚节（Chalkeia）期间献给雅典娜的圣袍，准备祭祀用的圣饼。女祭司会接受普通雅典女孩接受的教育，空闲时，她们游走在卫城和露天集市之间（戴着厚厚的面纱，身旁有威严的保镖随行）。其间，她们可能会买些黄金首饰，人们视之为圣物。

证明自己能够胜任侍奉女神的工作之后，有些奉神少女会去其他宗教仪式中履职。有些会在雅典娜盛大的祭祀活动中扮演主角，即提篮者（Kanephoros），她们会扛起象征雅典娜赐予人们奖赏的篮子。总而言之，这些小小的女祭司是雅典人生活中不可或缺的一部分。因此，当其中有人突然病入膏肓，就预示着整个城市将面临灾难。也难怪看守们丝毫没有犹豫，把菲科斯从床上拉了起来。

“让我们单独待一会儿。”医生在卧室门口说，床边聚集了一群忧心忡忡的人，他几乎看不见病人。

房间空了出来，他走了进去，轻轻用一只手搂住这个不省人事的女孩，小心地让她坐起来。她身上很热，脸微微发红，呼吸沉重且平稳。突然，失去知觉的姑娘毫无征兆地呕吐起来。菲科斯立刻把病人翻转过来，让她趴在自己的膝盖上，给她拍背，帮她顺气。他看着身上沾着呕吐物的褂子。“啊！”他说着，做出了职业生涯中最快的一次诊断。

几分钟后，菲科斯来到屋外的人群前，一只手把褂子团起来，赤裸着身体。但这并不让人觉得尴尬，雅典男性在公共场合赤身裸体并不罕见。他举着衣服比画着："她现在没有危险，一两天后就可以完全康复。在此之前，要喝点水，卧床休息，等过段时间能喝粥的时候加一点粥。她已经完成了自我净化，危机已经过去了。"

母亲如释重负地发出一声哭号，又怯怯地问："净化？是恶灵吗？"

菲科斯顿了几秒，敷衍地点了点头。"我会向祭司这样报告的。现在还有很多问题要讨论。"这需要私下进行，毕竟这对女祭司来说不是什么好事。未来几天，她还要经历并不愉快的净化治疗。

医生向神庙守卫指挥官点了点头："能借一步说话吗？"

两人走进厄瑞克忒翁神庙的门廊，站在阴影中。宏伟的帕特农神庙在左侧，雅典娜的祭坛在前方。"最好不要让孩子生病的消息传出去。"菲科斯低声说，"你得和你的人谈谈。"

"当然。"指挥官回答，"你是想搜查卫城，以防那个巫师还潜伏在附近吗？"

"巫师？"

"就是附体在女孩身上的那个人。"

"不。"医生说，"我是想让你查一下她是怎么把这个拿到手的。"他拿出一个生牛皮做的小酒囊，这是士兵们的随身之物。

夜晚的第十个小时

（03：00—04：00）

舰队司令即将出发

一道圆弧划破海雾，旁边跟着另一道圆弧，再旁边又是一道。过了一会儿，在百步以外又出现了一组三道圆弧。这是三列桨战船（trireme），这六艘战船组成的舰队正在向东行驶，在黑暗中穿越帕列隆（Phalerum）海湾。

这些船载重很大，装备着船帆和船桨。这不是例行巡逻，而是针对色雷斯和萨索斯岛矿区的长途探险之旅。

在这黎明前的时刻，三列桨战船舰队的指挥官谨慎地眯起眼，专心看着那白色的线条，那是海浪拍击岸边的浪花。他留心与漆黑海滩之间的距离。在这次危险的航程即将开始之际，他必须待在海上，又不能离得太远滑进萨罗尼克斯湾（Saronic Gulf），这样会看不到佐斯特海角（Zoster promontory）的情况。他需要第一时间看清并决定何时将舵转右，将危险的费拉岛（Phaura）及其附属浅滩甩到左舷船头。军舰在黎明前很少出港是有原因的，那些散落在佐斯特海角和费拉岛间礁石附近的船体碎片就是原因。

司令紧紧拽着系锚架上沾满露水的缆绳，眯眼盯着夜色，心中咒骂着眼前的雾气。根据他的计算，离日出大概还有两个半小时，而离黎明的光能够指引航行还有一个多小时。那时，他们应该已经绕过了凶险的萨罗尼克斯湾，那里雄伟的波塞冬神庙直逼天际。

司令回头向战舰甲板看去。准确来说，不能称其为“甲板”，除了船头和船尾有少量用于战斗的平台之外，船体其他部分都是露天敞开的。从敞开空间的这一头到那一头，有一条和他前臂几乎一般粗的缆绳，这就是支撑缆绳（hypozomata）。这些缆绳绷得很紧，嗡嗡作响。这是为了让船体形状固定——将船头和船尾拉起来可以使船体木板紧密地挤在一起。三列桨战船如果没有了支撑缆绳的牵引就会“拱起”，或是在船中部向上弯曲，因为船体中部比前后两头都要薄，浮力更大。

在支撑缆绳的两侧，桨手们齐心合力安静工作着。坐在吃水线附近的是一层桨手（thalmian），他们的桨套着皮革，防止浪花从桨孔溅入船内。接下来是二层桨手（zygian）。你可以把二层桨手想象成坐在一层桨手的腿上，只不过他坐得更高，仿佛有人将这个蜷缩的身体向上挪动了三英尺[1]。这

1 1英尺约折合0.31米。——译者注

浅浅的遗迹展示了三层桨手是所有人中的头号人物

样一来，你就可以理解下方两层桨手的相对位置了，这也就是为什么二层桨手如果吃了许多豆子，会被看作相当反社会的举动。顶层桨手便是三层桨手（thranite），坐在另外两层桨手的上面。

每一层桨手的桨都在重量和长度上略有不同，这样的设计使得三层共计 170 只桨得以在同一时间浸入水中。这艘 35 米长的三列桨战船能以每小时 15 千米的最高速在水中行驶，或是以半速巡航一整天。不同的桨有不同的操作技巧，这就意味着桨手不能轻易改变位置，即便一层桨手（thalmian，名字的意思是“撑举”，这源自他们在船上的位置）可能会嫉妒二层桨手（zygian，名字来源于他们坐的船体支撑梁）。下方两层的桨手都羡慕“甲板手”，即三层桨手，他们可以在甲板上享受新鲜空气，同时也比下方两层桨手的位置更靠船舷，这样可以保证他们的桨不会特别长，也不会特别重。

让这样一艘三列桨战船航行起来是很费钱的，因为桨手都是技术娴熟的专业人士，他们的工作报酬相当丰厚。这项工作不能雇用奴隶，因为他们的脑子出了名的迟钝，只会把桨全部搅在一起，划得乱七八糟，在关键时刻不肯出力。

即便是所有人拼尽全力，也很难保持一致的节奏，更不用说加快或减慢速度的时候了。三列桨战船上有吹笛人来把控时机，但当桨砰砰敲击橹架，海浪拍打船舷，海风呼啸吹过甲板之时，笛声也很难听得清。所以，桨手们一般会用歌声来统一节奏。

划下桨来，听到最动听的歌声……
Brekekekex, ko-ax, ko-ax,
Brekekekex, ko-ax, ko-ax!
我的手上起泡酸又痛
我的屁股下面闷又热，但我知道
就要摇起来咧，让它咆哮起来……
Brekekekex, ko-ax, ko-ax.

阿里斯托芬《蛙》l.225

三列桨战船代表了雅典科技的巅峰，由于这项技术属于

雅典，三列桨战船也成了世界上最先进的海军装备。这样的装备并不便宜。司令认为最简单的计算方法是将三列桨战船换算为塔兰特（talent），一个塔兰特折合 6 000 阿提卡德拉克马，或是一名熟练工人养活家人十六年的花销。

一艘普通战船的造船原料最便宜也要从马其顿进口，需耗费一个塔兰特。将帆、桨、绳索和坚硬的撞角等必需品装配齐全，需再耗费一个塔兰特。最后，让船航行起来，支付全体船员的成本又是一个塔兰特——每月一个。雅典城邦支付桨手的基本工资，但许多战船船长会给优秀的船员发放奖金。

造三列桨战船（质量好的船可以使用二十五年左右）通常是雅典最富有阶层的工作。一般而言，议会会向选出的百万富翁“提建议”，希望他们再赞助一艘这样的战船，来赢得选民的青睐，扩充雅典业已成形的 220 艘战船的规模。

作为资助的回报，赞助人可以为战船命名，并在建成后下达指令。这艘船名叫菲利帕（Philhippa），意为马中淑女，资助人是位富有的养马人，由于他已经年老体弱，本船的船长是养马人的傻儿子。司令之所以选择“菲利帕号”作为舰队的指挥船，就是为了阻止这位船长做出愚蠢的事。

成功的雅典人很少拒绝赞助战船。在雅典精英阶层中，威望竞争格外激烈，而竞争手段又很有限。因此，他们不仅会制造战船，还会把战船作为展示实力和才智的漂浮广告。司令本人的叔叔修昔底德也是一位海军司令，他曾评价道：

“每个人都花了大把的钱在战船、船徽和帆索上，每个人都希望自己的船看起来更好看，行进速度更快。”[1]

是三列桨战船将雅典帝国团结在了一起。人人都知道“巴拉洛斯号”（Paralus）和“萨拉明尼亚号”（Salaminia）——两艘以速度闻名于世的战船。除了参与宗教节庆活动之外，这两艘快船还往返于爱琴海各个岛屿城市间递送消息，运送外交官（但无论是不是圣船，当战争来临之时，“巴拉洛斯号”和“萨拉明尼亚号”都会和其他战船一道出征）。

一些雅典三列桨战船的名字

（雅典的船名通常是阴性的）

莱吉尼亚（Lycania）：母狼

欧拉（Aura）：微风

安菲特里忒（Amphitrite）：海神波塞冬妻子之名

米塔（Meitta）：蜜蜂

阿喀琉亚（Achilleia）：勇士阿喀琉斯的女性化名字

萨拉米亚（Salaminia）：萨马米尼亚 - 萨拉米斯（Samaminian–Salamis）是雅典海战取胜之地

艾吕特里亚（Elutheria）：自由

尼斯索（Niceso）：我会赢

---

1 Thucydides, *History of the Peloponnesian War* 6.31.

《舰船名目列表》（*Tabulae Curatorum Navalium*）

ig2 1614—1628

雅典舰队中其他的舰船负责将军队运到遥远的目的地，提防着停泊在提尔（Tyre）和地中海东部其他港口的波斯舰艇。他们会载着外交官前往雅典盟友国（即“附属国”），向当地的抗议者解释为何他们的贡献（即“贡品”）要再次增加。在讨论的过程中，三列桨战船就隐藏在近海处，为讨论提供了强有力的支撑，即虽然缴纳贡品很痛苦，但拒绝缴纳的后果更加严重。

眼下舰队赶往的目的地萨索斯就是个很好的例子。萨索斯位于马其顿东部的色雷斯海岸附近，岛上相当繁荣。那里有丰富的木材和大量金矿。波斯战争之后，萨索斯受邀加入由雅典领导的反波斯同盟。由于希望获得庇护免遭波斯侵犯，萨索斯欣然同意，直到雅典单方面决定将邻近地域萨索斯开办的市场和矿场纳为己有。

此时，萨索斯的人民发现退出同盟（即“雅典帝国”）是不可行的。当他们无论如何都要退出之时，雅典的三列桨战船来了。经过两年的围攻，萨索斯人的城墙被拆毁，海军尽数被俘，每年要向雅典缴纳30塔兰特白银的税。萨索斯再度成为反波斯同盟中的一员，与其他一些顽固不化的成员相比，他们觉得自己所受的惩罚已经很轻了。

司令会为雅典驻扎在该岛港口要塞的小型卫戍部队提供补给，这有助于增强萨索斯人加入同盟的热情。这支部队会在港口周围巡逻，提醒岛上的居民注意雅典的警惕之眼，然后沿着色雷斯海岸继续前进。吕喀亚的海盗船一直在掠夺船只。除了询问当地渔民获取信息外，队伍中的士兵还会对沿海每一处偏僻海湾进行检查，以期找到海盗的藏身之处。

他有意参战，所以把大船帆留在了雅典（三列桨战船在战斗中不带船帆，因为它会减慢桨手的速度）。即使在风力良好的情况下，他也很少使用小船帆。借助桨的力量航行，他将船员训练得更加强壮，航行速度也更快。晚饭和午饭时，他都会……命令船只……向岸边冲去。第一名会获得可观的奖励，他们可以第一个打水，第一个吃饭……

如果天气好且顺风，他会在晚饭后马上出发，让桨手们轮流休息。白天，他会向舰队发出信号，让他们组成纵队或战线，这样即使他们接近敌人的水域，也能熟练地进行舰队演习。

雅典海军将领伊菲克拉特训练舰队，

色诺芬《希腊史》6.2.26 ff

由于船体轻而坚固，三列桨战船很适合做这件事。即便在满载的情况下，战船也能在四肘尺多一点的水中漂浮（一肘尺是指普通人从中指到肘部的长度），这意味着三列桨战船可以冒险进入极浅的海湾，即便它在沙洲上搁浅，所有人下船即可。如果船还不能重新浮起来，船员们可以举起它，抬到更深的水域中。

全木制三列桨战船还有一个优势，就是它的浮力为正，也就是说战船不需要超过自身重量的水来维持漂浮状态。即便敌舰的撞角把船底开个大洞，战船也不会沉没，只是船浸水之后不再适于航海而已。[1]

司令本人对远征航行的一部分有所保留，没有向雅典当局提过。其中不涉及违法的内容，有些东西（如果被发现）需要道歉，那也强过事先寻求批准。弓箭下面藏着几个油布小包，里面是他替叔叔修昔底德弄到的采访手稿。

在近年的战争中，修昔底德也是一名海军司令，负责沿色雷斯海岸作战。遗憾的是，修昔底德天生谨慎，对待战争一丝不苟。最后，他还是晚了一步，如果他是更冲动的司令，也许城市就不会落在斯巴达人手里。雅典议会毫不留情，将修昔底德流放。

从那以后，修昔底德就住在位于色雷斯的家族庄园里。但他一点也不孤独，因为来到此处的雅典人全都会来拜访

1 这就是没有三列桨战船沉船考古研究的原因。

他。众所周知，被迫赋闲使得修昔底德写起了近期雅典与斯巴达之间的战争，这段内容最终必会名留史册。二十五岁以上的人几乎都参加过这场战斗，许多老兵也纷纷造访，向历史学家讲述他们个人（和英雄）对这场战斗的贡献。

当历史学家需要更多细节的时候，他不仅询问了雅典人和色雷斯人，还询问了底比斯人、斯巴达人和科林斯人，他们都曾相互开战。这样做是为了平等公正地叙述这场战争。但雅典当局并不高兴，他们希望讲一个雅典奋勇应对斯巴达恶棍的故事。这就是为什么司令对自己携带的东西三缄其口，因为其中有父亲关于八年前底比斯人击败雅典人，并围攻代立昂（Delium）的叙述内容。雅典人希望所有人都忘记这场灾难。

修昔底德

修昔底德是希罗多德之后的一代人，与前人不同，他著书立说采取了截然不同的方式。希罗多德喜欢收集逸事和传言，修昔底德认为历史应该是事实，应尽可能公正地审视内容。他的作品如史诗一般，以至于当今的一些历史学家将希罗多德视为“历史之父”，而认为修昔底德已经跨出了历史的大门。

我们所知的修昔底德来源于他的自述——但内容并不多。他出身于贵族家庭，公元前 430 年染上瘟疫，但与许多雅典人不同的是，他活了下来。他曾指挥战舰抵抗斯巴达人，但因表现不佳而惨遭流放（修昔底德，4.104ff）。本文所描述的公元前 416 年正是两次战争间的和平时期，等到与斯巴达的战争再次打响之时，修昔底德将作为中立方从两边收集战争细节。他在战后回到雅典，于公元前 404 年突然去世，而他的《历史》[1] 尚未完成。

司令知道修昔底德还会向他追问准备参加叙拉古远征的船只和人员的详细情况。他会用“这是机密”来搪塞，而叔叔会用强盗一般、不带掩饰的目光打量他，看起来像是愤怒的老鹰。司令叹了口气，他知道自己又要多说许多话，而这些远远满足不了修昔底德内心的期待。要是他只需要担心潮汐、水流和那讨厌的佐斯特海角之类的东西就好了。

---

1 即后来所说的《伯罗奔尼撒战争史》。——编注

夜晚的第十一个小时

（04：00—05：00）

奴隶矿工开始工作

海军司令的舰队在苏尼翁角附近巡逻时，内陆劳里昂（Laurion）的矿工已经开始工作，他们辛勤的劳作为三列桨战船得以扬帆出了一份力。德莫科斯（Deimokos）从帆布床上呻吟着滚了下来。他知道自己有点不对劲——两天前监工狠狠踢了他肋骨下面的部位。虽然尿了很多血，但德莫科斯知道没什么可抱怨的。说实话，他很想死。

迄今为止，他已经做了十年的奴隶，六年在矿井里，早已失去了逃离的希望，空留一具躯壳。十二年前，他是个富有的商人，有一所大房子、一个妻子和三个女儿。他有自己的奴隶，当他想起自己曾那样漫不经心打骂他们的时候，偶尔会打寒战。德莫科斯住在密提林，莱斯博斯岛的主要城市。

密提林是反波斯联盟中最重要的城市之一。它也是为数不多的几个看穿了雅典人欺骗手段的城市之一。利用这种欺骗手段，雅典将对抗波斯人的联盟转变为雅典人统治下的帝国。最初，大家都很欢迎雅典人做领袖。他们充满活力，在马拉松击溃了波斯人，即便后来波斯人摧毁了他们的城市，雅典人又带头在萨拉米斯击溃了波斯舰队。

对小城市来说，他们与波斯交战有一个问题，那就是战船编制和重装步兵的人力成本与开垦田地回家捕鱼的成本一样高。于是雅典虚伪地提出了一个建议：让你的人在田里干活。我们雅典人有足够的人力和船只参加战斗。你只需要每年支付人员和船只费用即可。只需轻松地付些钱，就算是履行了同盟义务。

看起来好像很合理，大多数城市都支付了费用。但密提林并不愿意。在与波斯的战争中，他们遭受了太多苦难，不愿轻易放弃自己的战舰和重装步兵。密提林眼看着雅典人利用各城邦支付的费用反过来控制各城邦。在过去的十年里，雅典人几乎没有与波斯人互相放过一箭。但同盟的费用却在不断攀升，雅典人用这笔钱建造了帕特农神庙等纪念建筑。

雅典和斯巴达开战后，密提林趁机脱离了同盟。令人万分遗憾的是，德莫科斯曾是市议会中的一员，他坚信斯巴达承诺的立即援助是真的。于是他投票支持密提林单方面脱离同盟，等待斯巴达的援助。

自然，雅典人是第一个抵达的。他们以其闻名于世的残暴兵力将城市团团围住。斯巴达人自始至终都没有出现。经过一番深思熟虑，他们认为支持密提林太过冒险，便将他们放弃了。除了雅典人之外，德莫科斯最恨斯巴达人。

雅典人攻占了密提林，本来打算杀尽所有人。但经过考虑，他们决定只处死“叛乱”头目。像德莫科斯这类的次要人物变成了奴隶，被带回雅典。德莫科斯原本在苹果园里工作。他勤奋努力，希望得到主人的重视，提拔自己去做家务，或是最终将他释放。然而，主人把他租给了矿场。

狠狠惩戒密提林人，这是他们应得的，也是眼下最有利的选择。不去惩罚他们，并不是对他们好，而是批判自己的决策。如果他们的反抗是正确的，那么你的统治就是错误的。无论对错，如果想建立帝国，就必须有帝国的样子。惩罚密提林人。做完必须要做的事，要么就放弃帝国构想，去做社会工作……

树立众人皆知的榜样，让盟友们知道反抗的代价就是死亡。一旦他们明白了这一点，你就不必再从与敌人的斗争中腾出时间来与朋友斗争了。

修昔底德《伯罗奔尼撒战争史》3.37

出租奴隶很赚钱。德莫科斯值（曾经值）200 德拉克马（每个奴隶都知道自己的价格）。把自己租出去可以每周为他的主人赚取一个德拉克马。作为一名曾经的商人，德莫科斯知道作为一项投资，多年来他已赎清了自己的身价，并且额外为所有者多赚了 30%。如果他死了——他的身体肿胀僵硬，这是迟早的事——矿主就需要支付更换奴隶的费用，弥补监工的粗心大意。

劳里昂的土地属国家所有，但散布在这片土地上的几十座银矿是私人或团体所有。他们向雅典国库缴纳两年、三年或七年不等的银矿开采权。开矿既可以是两个人做的小生意，也可以是雇用几十个奴隶的大买卖。

> 十个部落，每个部落选出一人为公卖官。公卖官负责出租一切公共包揽事业，如采矿权和赋税……他们负责批准出售为期三年的矿场（运营权），负责批准出售特许经营权。
>
> 亚里士多德《雅典政制》47.2

德莫科斯就是十人采矿小组中的一员。他和同伴跌跌撞撞地走进臭气熏天的隧道（矿工们不允许上厕所），一直来到岩石层。主隧道分成若干独立的小隧道，奴隶们两人一组

分开。接下来的一小时，每组中有一个人要用镐头在坚硬的岩石上挖掘。另一个在他身后东翻西找，把石头碎片装进粗布袋里。短暂的休息之后，两人交替，之后再次交替，直到十五个小时后工作结束。

袋子装满矿石后，矿工要将它搬到主隧道的小车上。监工站在小车旁边，如若哪对矿工速度太慢，他就会走进小隧道中，鞭笞他们以加快速度。他还计算了把小车推到矿石加工厂的往返时间。德莫科斯正是因为在其中耽搁了，才受到了殴打。

矿石加工厂由多名矿主集体所有。妇女儿童坐在这里，用锤子把石块敲碎。将碎石块倒入槽中，槽中的水流精心调节过流速。较轻的石块会被水流冲走。方铅矿和含银岩石由于本身含有重金属，仍然沉在底部。把这些矿石收集起来，随后便开始进行熔炼。劳里昂只有三家大型冶炼厂，它们昼夜不停地运转，为雅典带来了源源不断的银矿，以满足其帝国野心。

苏尼翁的图提米德斯（Thoutimides of Sounoin）在塔利诺斯（Thalinos）注册了（名为）“纳佩的阿特密赛斯康（Artemesiskon in Nape）”的矿场开采，刻于埃乌波罗斯（Eubolos）的石碑之上，矿场属于□□□□（姓名模糊）。边界为，北部：属于□□□□的阿尔特

米西亚康矿（Artemisiakon）。南部：纳佩与伊皮克拉底（Epicrates）工坊之间的沟渠。东部：泰勒森（Teleson）之屋及院子。西部：法尼亚斯（Phanias）之子苏尼翁的图提米德斯租用的工坊。

价格：150 德拉克马。

劳里昂的一张租约，翻译自 cig ii (2) 与 M. 克罗斯比（M. Crosby）《赫斯珀里亚》（*Hesperia*）19, 1950

来到矿石加工厂，德莫科斯认出了一个来自米洛斯岛（island of Melos）的多利安女人。他过去从商时，曾到过这个岛，给一个埃及客户安排黑曜石货船。这个女人是黑曜石商人的妻子。现在她成了奴隶。

她告诉德莫科斯，雅典人驾着战舰，带着重装步兵来到了米洛斯。他们要求米洛斯加入同盟，并支付大笔年贡。人们问他们何来向希腊同胞收取年贡的权力，雅典人轻蔑地回答：

我们不会用花哨的借口来搪塞你们，我们既不是因为击败了波斯人，拥有建立帝国的权力，也不是因为你们做错了事前来攻打你们。我们不会说那些你们不相信的废话，作为回报，希望你们也不要说自己没有做错事……企图让我们回心转意。

你我都知道这个世界是怎样的。公正只在权利平等者之间才会存在。强者为所欲为，弱者只能承受。[1]

面对这样傲慢的态度，米洛斯人决定要么自由，要么死亡。他们为自由而战，直至最终不可避免地战败。后来，雅典人将幸存的男性屠杀，将妇女儿童带到劳里昂做奴隶。这是帝国主义最残暴的行径，这让德莫科斯不禁开始思索妻女们的处境。

德莫科斯和这个米洛斯女人聊天的时长超出了允许的范围，当他把车推回去装货的时候，监工已经火冒三丈。德莫科斯一心想着失去的家人，对监工愤怒的质问漫不经心，甚至还带有些贬损的意味。此举为他招来了一顿毒打。

雅典出产了世界上最好的银币

如果德莫科斯因此丢了性命，监工也会丢掉工作。监工的任务是让奴隶的产出更多。除去租赁的成本，奴隶几乎是投资矿山

1 Thucydides, *History of the Peloponnesian War* 5.89, following Dutton trans. 1910.

的全部资本。肆意毁坏矿山资本的监督者——德莫科斯就是资本——肯定会丢掉工作。

作为曾经的商人，德莫科斯经常和雅典硬币打交道。而且，他曾经常用“猫头鹰”来付账，这种货币在东地中海地区随处可见。硬币上面印有雅典娜的猫头鹰图案，以其纯银含量和标准的高品质而闻名。一枚硬币相当于 4 德拉克马——大约是德莫科斯一个月给主人赚取的金额。

去远处做生意的人说，他们曾在印度的平原和阿拉伯的港口见过使用雅典货币的情况。德莫科斯和硬币打交道的时候，也会遥想远方那些 4 德拉克马抵达的异域。但现在他想起硬币，只会想到它的出处，在那潮湿隧道的尽头，赤裸身体的人在油灯的照射下拿着鹤嘴锄辛勤地劳作，耐心凿着那硬邦邦的石头，一小时接着一小时，一天接着一天，直至生命的尽头。

德莫科斯对其他奴隶所知甚少。虽然他们经常在一起，但监工看到工作中有人聊天会粗暴地进行惩罚。到了晚上，经历了漫长的工作，每个人都疲惫不堪地爬向自己的帆布床。没有时间社交，必须睡觉积蓄力量，明天又要重新来过。

十人小队中，有五个人让德莫科斯觉得难以理解——三个是色雷斯人，从他们胸部和脖子上旋涡状的文身可以看出来。另外两个是拉克代蒙人，雅典在伯罗奔尼撒奔袭中从斯巴达抓获的奴隶。这些人有时会用听不懂的方言嘀咕。另外还有个曾经牧羊的皮奥夏人（Boeotian）。最近买来的三个身材瘦长的青年人是雅典土生土长的奴隶，很可能是农业奴隶的后代。作为曾经的商人，德莫科斯经常看到奴隶们如野兽般毫无廉耻地发情。

今天他的搭档是皮奥夏人。牧羊人知道德莫科斯受了伤，示意他拿袋子，别拿镐头。叮当作响的镐声在耳边响起，德莫科斯一边捡碎石，一边神游天外。

劳里昂，被诅咒的地方，这里的种子让雅典长成了一头怪物。一个世纪前，雅典还只是希腊的一个中等城市，排在底比斯、科林斯和阿尔戈斯之后。当然，那时的雅典根本无法与统治伯罗奔尼撒大部分地区的斯巴达相提并论。

银矿一直在这里，没有什么特别之处。劳里昂开矿已有数千年的历史。就在波斯战争之前，这里发掘出一条富饶的全新纯银矿脉。精明的雅典领袖地米斯托克利（Themistocles）提出，与其把这笔意外之财分给公民，不如用它来进行投资。准确来说，他们投资了 200 艘三列桨战船。他们打算袭击波斯人控制的小亚细亚海岸，在木材资源丰富的马其顿海岸上实现自己的野心。

事实证明，在保卫雅典免受波斯入侵和征服的过程中，三列桨战船起到了关键作用。但当雅典的海上力量击退了波斯人，自己就坐到了希腊的领导位置上。斯巴达人认为自己才是希腊最重要的力量，对这股新崛起的势力充满嫉妒和怀疑。最终，是这种恐惧导致了战争的爆发。

然而，斯巴达没能遏制住雅典人。尽管斯巴达人摧毁了阿提卡的土地，但劳里昂还在继续出产银子，支付三列桨战船的开销，这些船装载着克里米亚（Crimea）的粮食，把牲畜运往附近优卑亚岛（Euboea）的安全地带。只要雅典的城墙和舰艇还在，斯巴达人就无法对其构成实质性的伤害，劳里昂还要继续支付舰艇的费用。如今，雅典正扩张势力，将米洛斯这样毫无防御能力的岛屿侵吞。它最后会变成什么？

德莫科斯把麻袋扛在肩上，身体一侧的刺痛让他喘息起来。从他身上，可以看到雅典帝国面临的局面。如果没有劳里昂开采银矿，雅典不可能征服密提林。如今，德莫科斯这个密提林人为压迫自己的人开采银矿，正如爱琴海各城邦人民向雅典缴纳的贡品一样，都是为了支持雅典扩充军事实力，保障进贡源源不绝。

德莫科斯对卫城拔地而起的建筑奇观一无所知，对人类前所未有的雕塑、哲学和数学成就也毫不关心。在矿石袋子的重压下，他跌跌撞撞地走进阴暗的隧道，只知道这些都是要付出代价的。

夜晚的第十二个小时

（05：00—06：00）

陶瓶画匠创作新品

他自称“波利格诺托斯三世（the third Polygnotus）”。在雅典摆弄画笔的人，若不是有两把刷子，绝不敢叫这个名字。这个名字是有故事的。波利格诺托斯一世出身萨索斯岛。他不做陶瓶，可能觉得这种活有失身份。但这位波利格诺托斯在绘制壁画方面特别出色。

在通往帕特农神庙的泛希腊大道（Panhellenic Way）上，当你走到皇家柱廊（Royal Stoa）和赫尔墨斯柱廊（the Stoa of Hermes）之间的露天集市时，彩绘柱廊就在你前面稍微偏左一点的位置。柱廊是一种带屋顶的长廊，即便天气恶劣，也可以开展公共事务。柱廊都经过装饰，彩绘柱廊更是如此。最著名的两位艺术家是来自雅典的米康（Micon）

和来自萨索斯的波利格诺托斯，二人史诗般的绘画闻名于整个希腊世界。

波利格诺托斯一世的第一件杰作是描绘特洛伊沦陷的史诗作品。这位艺术家还参与了帕纳乌斯（Panaeus）描绘的马拉松战役，帕纳乌斯是菲狄亚斯的近亲，后者创作了帕特农神庙的雅典娜雕像和奥林匹亚的宙斯神像。事实上，帕纳乌斯也参与了不少奥林匹亚雕塑的绘制工作。波利格诺托斯一世并不靠画画为生，他自己很富有，不需要赚钱。他画画只是为了激发自己的天资，回馈这座接纳他的城市。

波利格诺托斯二世是绘制大型陶瓶的专家：双耳壶、提水罐——用来运送水的罐子——以及双耳酒罐，即聚会上用来混合酒的敞口大碗（krater）[1]，这些都是他绘制的对象。小容器只用来喝酒，或是做奉神的容器。

波利格诺托斯二世一生忙碌，因为陶器在雅典人的生活中无处不在。有钱人喜欢用昂贵的金属碗，但普通人都用陶器。罐子随处可见，上至放在男人屋中供客人瞻仰的精致摆设，下至笨重的炊具，以及床下的夜壶（有的做得很雅致）。事实上，波利格诺托斯三世曾见过一只绘制了女人使用夜壶的陶制饮水杯。雅典陶器上的绘画主题非常广泛。

与阿提卡的银器不同，雅典的陶器因其质量而在地中海地区备受青睐——并不是黏土特别，而是艺术精湛。每年雅

1 后者的形状给后世提供了“crater”（火山口）这个词。

典有成千上万的陶瓶外销，最远可运到伊比利亚和印度。

为了平衡工作量，波利格诺托斯二世花在画陶瓶上的时间比较少，更多时间都在自己的工坊里漫步。面对十来个年轻的学生，他时而反手击掌训斥，时而激动夸奖。其中最优秀的学生是一个名叫克莱奥芬（Kleophon）的年轻人。后来，克莱奥芬在离他师傅不远的“工厂”开了自己的工坊［这附近聚集了大量的陶艺匠和画匠，所以这片地区常被人称为“凯拉米克斯（Keremeikos）”——陶器之乡］。自从师傅四年前去世，克莱奥芬便开始自称“波利格诺托斯三世”。

今天，克莱奥芬来得有点早。这一天会很漫长。像他已故的师傅一样，克莱奥芬也主要画大陶瓶，今天要画的是一只装饰性双耳喷口瓶，也称“涡形陶瓶”（其顶部卷曲的手柄是旋涡形状，类似建筑柱顶的涡旋）。这件作品是为剧作家欧里庇得斯（Euripides）制作的，他需要一只陶瓶来庆祝新剧《赫拉克勒斯》（*Herakles*）的诞生。克莱奥芬曾建议在陶瓶上绘制一些与神话人物赫拉克勒斯相关的内容，年长的剧作家并不同意。欧里庇得斯与那些肌肉异常发达的英雄人物相处了一年，此时希望能换换口味。

最终，二人决定绘制一幅为戏剧和艺术之神阿波罗进行游行的画。神坐在列柱中庭，那里放着两个青铜三脚架，样子参照酒神节奖赏给获胜剧作家的三脚架。绘制整体比较复杂，克莱奥芬要早点着手。

当然，他并不会绘制人物，而是要绘制人物周围的背景。像当世其他陶瓶匠人一样，他选择的是红绘风格，要在深色有光泽的泥釉上作画。这“泥釉”并不是一不小心把没倒空的夜壶踩翻洒出来的东西（常见的不幸经历），而是特殊的黏土——一种经过高度提纯的泥浆，涂在陶瓶的普通泥坯上，在炉火的高温下会转为黑色。

实际的过程会更加复杂。普通方式烧制的成品和其他泥浆并无差异。为了烧出深黑的颜色，烧炉要先敞开，让黏土烧成红色。黏土之所以呈红色，是因为雅典的黏土是次生黏土，是大雨中水流冲积沉淀下来的。在这一过程中，河床冲刷铁矿床，因此黏土也会携带铁屑。这些铁屑在烤制时氧

约 2 500 年后所见克莱奥芬的作品

化，使黏土呈现鲜艳的铁锈色。对比一下使用原始土层黏土制成的科林斯式陶罐。科林斯陶罐主要使用高岭土，含铁量较少，颜色会呈乳白色。

用于绘制红色部分的泥釉比陶瓶其他部分的黏土更细腻，烤制速度也更快。炉子关闭后，空气量减少，把未经处理的“绿色”木材添进火里。泥釉会在化学还原反应中显出闪亮的黑色纹理。看到泥釉变色后重新开火，再用较低的温度完成烤制工作。

在黎明的光线中，克莱奥芬像猎手一样围着罐子转圈，仿佛在评估着手的角度。未经烤制的黏土是前一天陶工准备好的。这几天，克莱奥芬一直在淘洗河中的淤泥，与水混合，沉淀，去除底部的杂质。对于粗制炊具而言，这道工序最多只进行一次。但眼下的作品备受关注，它是欧里庇得斯的优雅品味与克莱奥芬高超技艺的结合。黏土已经淘洗过六次了，质地如丝般光滑。

将黏土淘洗到他认为合适的粗细后，陶工会把它放在两英尺宽的扁轮上。学徒小心平稳地转动轮子，陶工用手把黏土拉高。泥坯晾干十个小时后，质地开始变得像皮革般坚硬，陶工拿出一块精致的麂皮布，对黏土进行“打磨”。这会令表面泥质更整齐、顺滑、坚固。瓶底和把手放在沙堆的布垫上，等到不会妨碍画匠工作时再固定。

克莱奥芬开始研究起一组六块的黏土砖，上面描绘了两幅场景，他打算把它复制到土坯上。在上方的主图区，阿波罗本人倚着列柱（准确来讲是个“小型祭坛”），轮廓很像为阿波罗神修建的一座名为颂歌（Odeons）的小型神庙。

场景中是一支由六个人组成的游行队伍，全部是没有蓄胡须的少年，戴着花环，穿着薄薄的礼服，礼服只露一个肩膀，一直拖到脚踝。队伍最前方是一个女性，头顶着祭祀用的篮子。克莱奥芬看着这个女人不禁皱起眉。她身上那件刺绣图案复杂的多层褶皱裙子需要花好几个小时才能复制到瓶子上——一旦在黏土上画错便很难遮掩。

在青铜三脚架前站着一个人，代表阿波罗欢迎一众游行人员，克莱奥芬希望暗示此人是欧里庇得斯，但又不能画得太像，让陶瓶沦为一尊虚荣的肖像。因此，这个人比队伍中的年轻人年纪更大，但没有欧里庇得斯本人年纪那么大。胡子是黑色而非灰色（灰色还需要调制特殊的彩色泥釉，克莱奥芬这一早晨已经够忙了）。此人手持的拐杖是欧里庇得斯喜欢的样子，与肩同高，顶部有一根T形横杆。

阿波罗的形象（克莱奥芬暗自要给神道个歉）相当英俊，但并没有什么特征。陶瓶以一种巧妙的方式将人们的注意力从神的身上转移到委托这件作品的赞助人肖像上。顶着篮子的女人注视着“欧里庇得斯”，仿佛是在注视着阿波罗一样。如果让每个人都盯着关键人物看，会有些过于明显，所以克莱奥芬让队伍中第一个人不去看“欧里庇得斯”和阿波罗，而是转身回头。与此同时，阿波罗手中神圣的月桂树枝也向欧里庇得斯倾斜。

在头顶之上，阿波罗把他的箭袋挂在立柱的椽子上，弓也指向神和“欧里庇得斯”。在阿波罗和“戏剧作家”之间立着一块奥姆法洛斯石碑（Omphalos），这是阿波罗神庙所在地德尔斐（Delphi）的地标“世界之脐（navel of the world）”。石碑挡住了一个人的一部分腿，这样人的注意力又被吸引到了此处，这个被挡住腿的人还是“欧里庇得斯”。

主图区下面有一块小一些的绘图区，绘制的内容将再次暗示酒神节，但没有任何粗俗的如实描绘。这部分绘制了一队昂首阔步的祭祀酒神的米娜德（maenads）。众所周知，米娜德（酒神的女祭司）会在狂热的宗教仪式中撕扯自己的衣服，但为了不把注意力从主图区引开，克莱奥芬笔下的女祭司的裸露程度堪比精壮的小牛犊。克莱奥芬看着草图皱了皱眉，用木炭棒调整了其中一个人挥舞棍子的角度，就像翻了个手腕一样，让他指向上方主图区的“欧里庇得斯”。

哦，阿提卡的形状！唯美的观照！
上面缀有石雕的男人和女人，
还有林木，和践踏过的青草；
沉默的形体呵，你像是“永恒”
使人超越思想：呵，冰冷的牧歌！
等暮年使这一世代都凋落，
只有你如旧；在另外的一些

忧伤中，你会抚慰后人说：
“美即是真，真即是美”，这就包括
你们所知道、和该知道的一切。

约翰·济慈《希腊古瓮颂》，1819[1]

克莱奥芬一边看着陶瓶，一边在脑海中预想着上色的样子，根据瓶身的弧度在脑海中调整画面。他停顿了一下，一边咒骂一边俯下身子去看陶瓶的表面。陶瓶有一处表面太干，陶工便把皮带浸湿打磨。在这个过程中，一滴水滴在了还未烘烤的黏土上。水滴立刻渗进干燥的表面。这里是一处瑕疵，但陶工太有经验了，并没有进行修正。他知道克莱奥芬肯定会看到这块印记，用黑色泥浆来覆盖这里，与其修整将表面弄得更难看，陶工把陶瓶转了一下，让这块污渍在晨光中清晰可见。

好戏要登场了。克莱奥芬拿起一根木炭棒，在陶土上精致地勾勒着轮廓。随后，他用一根马尾做成的画笔浸入泥浆，流畅地徒手勾勒画作。遇到特别重要的线条时，他会用细针在黏土表面划出一道痕迹（随后再用泥浆填平，保持表面平整）。

克莱奥芬对自己流畅自然的笔触倍感自豪。相对而言，

1 查良铮译。——译者注

红绘的手法更加轻松。上一代黑绘时期的人物形象比较僵硬，风格古老，因为黑绘上的所有红色线条都要先经过一段时间的风干，再费力把黑色泥浆刮掉。这样一来，简易的绘制方法便是把人物周围涂黑，再添加额外的线条。

在三代人之前，欧弗洛尼奥斯等一批先驱者将红绘的手法引入绘陶界，在这个古板的圈子里引起了不小的争议。但若不是克莱奥芬能把人物的姿态展现得非常自然，还能表达出相当人性化的情感，业界是断然不会接受这种手法的。克莱奥芬知道他的画风并非原创，因为他是有意在模仿帕特农神庙中菲狄亚斯雕塑优雅的线条。有何不可呢？这些雕像体现了时代精神，体现了虽然无法实现却依然追求完美，并寄希望于下一代更加趋近完美的精神。

克莱奥芬向后退了一步，欣赏着自己勾勒的草图线条。也许未来的人会觉得他的作品粗糙而原始，就如同他这一时代的人看不起早期粗糙的花纹陶器一样。但是他知道，这一代人为后世树立了一个相当高的标准。他已经能预想到陶瓶完工时的模样了。相信这一定是件好作品，明快且沉静，色彩丰富又描绘精细。

后人啊，挑战它吧！

白天的第一个小时

（06：00—07：00）

女巫施咒

从制陶工坊向东，刻勒俄斯（Celeus）沿着地米斯托克利长墙（Themistocleian wall）[1]边的路大步走去。他走在一处名为斯卡姆邦尼德（Scambonidae）的居住区里，这里乌烟瘴气，人满为患。为了避免每次有人敲门并向外打开屋门，刻勒俄斯一般都贴着墙边前行。

雅典的房屋一般会围建在院子里，院子向外只有一扇门。即便是贫穷的家庭也坚持建造这样的房子，但可能是多家共用一套。院门是进出的唯一通道，在这个几乎没有警察

1 地米斯托克利长墙：建于公元前5世纪波希战争之后，由古希腊著名政治家、军事家地米斯托克利（Themistocles）主张修建，以期抵御波斯的再次入侵。——译者注

的城市里，这扇门要尽可能牢靠一些，防止暴徒破门而入，抢劫钱财。

朝街面打开的门自然要比朝院内打开更加安全。因此，多数雅典人都选择保护自己安全，而没有考虑街上行人的方便。比较明智的做法是在出门前大声敲门，如果没有任何提示开门撞到行人，对方会感到相当恼火。

眼下出门的都是磨磨蹭蹭开工的人，大门开关都很迅速。雅典人习惯在日出前起床，因此多数人一小时前就开始工作了。作为酒馆老板，晚起的刻勒俄斯常惹得邻里间颇有微词。但在店里，大家更希望他再晚到两个小时，因为他一到酒馆就会脚踢那些粗鲁无礼的奴隶，让他们去准备午餐。

刻勒俄斯的酒馆生意并不好。问问老主顾，他们会告诉你这里的卫生越来越差，肮脏邋遢的工作人员端出廉价发苦的葡萄酒和不新鲜的面包，所以大家来得越来越少。亲自问刻勒俄斯，他会告诉你是其他酒馆蓄意密谋让他破产。妻子还在时，酒馆是个生气勃勃、让人愉快的地方——因为妻子每天工作 16 个小时，与此同时，刻勒俄斯则专注于品尝酒馆里的葡萄酒。

现在，刻勒俄斯知道其他酒馆老板都觊觎他的成功。他们劝说妻子在夏夜悄悄逃走，并将她所有的积蓄都装在一个小帆布袋里。如今，她正在卡尔西登（Chalcedon）经营着亲戚的买卖，做船舶货物业务，而且做得相当不错。与此相对应，刻勒俄斯的生意在走下坡路。

今天他打算反击。他要让敌人们知道，他们不能破坏他的生活且不受惩罚。要找的这个地方并不容易找到。他用一个银币向店里一个可疑的顾客打听到，他可能认识一个人，而这个人可能知道谁能帮得上忙。

几天后的一个夜晚，他的奴隶给他递来一条消息，来源不详。“斯卡姆邦尼德区，欧摩尔波斯（Eumolpus）墓地旁的街道。找到木工坊，从后面的楼梯上去。日出后一小时在这里等。”

从神话时代起，欧摩尔波斯就是个默默无闻的英雄，他的“墓地”是一口放在路中心的陈旧空石棺。刻勒俄斯走近时，看到一只狗对着石棺撒尿后跑开了。木工坊很容易找，木匠正大声敲打着一条长凳。刻勒俄斯走过去，木匠恶狠狠瞪了他一眼，向着后墙的楼梯猛地甩了甩头。酒馆老板只能战战兢兢地遵循着无声的指示走过去。

房间的顶部装有窗板。屋里刚刚烧过香草，飘散着一股辛辣且令人陶醉的味道。房间很阴暗，过了好一会儿，刻勒俄斯才看到有个朦胧的影子坐在桌边，裹着重重面纱，他只能看到一堆黑色的布。但是，这堆布讲话的声音很好听，而且竟然很有教养。

“刻勒俄斯，酒馆老板。愿库柏勒（Cybele）女神庇佑你和你的家人。”

“你是女巫吗？”

突如其来的沉默令酒馆老板意识到自己问错了问题。

过了好一会儿，女人才开口回答，声音平稳而耐心。

“我当然不是女巫。女巫是对神灵的不敬。如果我是女巫，我的药就是毒药。人们会指控我引诱年轻人，收买奴隶。而你，刻勒俄斯，光是看到我就会惹上麻烦。执政者会指控我们在通过邪恶的性行为施法。

“我是一只螳螂。我所做的一切都是为了帮助你领悟神的旨意。也许在某些情况下，我会建议你采取一些可能……促进诸神意志达成的行动。如果你觉得这些行动有困难，我可以帮助你。明白了吗？”

她戴着面纱静静地坐着，看着困惑的委托人为她所说的话绞尽脑汁。在刻勒俄斯看来，这个自称不是女巫的人既神秘又具有威胁，而且似乎被自己的笨拙激怒了。此时此刻，她可能在心里念了一个无声的诅咒，进一步摧毁他悲惨的生活。现在他后悔来这里了。

实际上，女巫正在思考要不要把燃烧着的黑天仙子和蓝莲花灭掉。吸入这种混合物的烟雾后，人会感到放松，变得健谈。但是，如果浓度不对或是人不对，这种混合物是有毒的。女巫开始为刻勒俄斯感到担心。

她问：“你想让地下世界的力量为你做什么？是不是想要得到某个女人？一个看都不看你一眼，甚至当你不存在的女人？你是不是想召唤魔鬼来刺穿她的眼睛、耳朵、肚子、乳房和性器官，让她想起你，而且只能想起你？你想让她来找你，带着疯狂的欲望，忘记丈夫或其他情人，成为你的女人，只属于你，对吗？”

赫卡忒（Hekate），路中央的三相女神

折磨特洛（Thelo）之女卡罗萨（Karosa）的精神和灵魂，让她跳起来，迅速，迅速带着满满的欲望和爱意地来到德尼拉（Theonilla）之子——阿帕洛斯

（Apalos）的面前，现在，马上……

她会忘记自己的丈夫和孩子，她会带着灼人的热情、爱和性欲，尤其是对阿帕洛斯，德尼拉之子的性欲，现在，马上，迅速前来。

公元前 5 世纪的“爱”之咒语

古希腊记录巫术的草纸 19A 50—54

女巫突然打住，她发现自己在无意中念起了咒语，马上就要说出那个充满神秘色彩的词语“阿布拉那塔纳巴”[1]，这个词一出口，恶魔阿布拉克萨斯便会听命于她。

刻勒俄斯想着女巫的话。如果这个女人现在住在别的城市，收费是不是更贵？随后，他后悔地摇了摇头：“不，我是来寻求正义的。敌人诅咒我，我也要回敬他们。你能做到吗？”

“我？当然不行。你以为我是美狄亚吗？但我没说不能帮你，我只是个凡人，我诅咒的力量不比你强多少。我们需要召唤合适的神灵，讲清你的事情，让他们击溃你的敌人。神灵们有各式各样击溃敌人的办法。”

刻勒俄斯小心翼翼地看着她：“你……知道有哪些神灵？”

“赫卡忒、摩耳摩和赫尔墨斯。”女巫立刻回答。她在

---

1 原文为“Ablanathanalba”。——译者注

脑子里盘算着需要的东西。大部分都放在身后的橱柜里。

"摩耳摩。"刻勒俄斯若有所思地说，"小时候，我妈妈总用她来吓唬我。说如果我调皮，或是捉弄我妹妹，她就会告诉摩耳摩，让她夜里过来咬掉我的鼻子。我怕她怕得要死。"

"我要为咒语做些准备。"女巫说，"去楼下告诉木匠，到院子对面的鸡舍里抓一只黑母鸡上来。把谈好的德拉克马银币留在桌上。如果你不打算回来，也不能浪费我的时间。"

实际上，这类咒语和摩耳摩基本没什么关系。真正与之相关的是女巫的守护者赫卡忒，以及贸易和商业的守护神，同时也是灵魂指引者的赫尔墨斯。但是女巫最近学会了一种召唤摩耳摩的方法。仪式简短又令人印象深刻，她打算尝试一下。

街上的幽灵，深夜游荡的闪光者
光明的敌人，阴暗的朋友和伙伴
血流成河时，在狗吠声中狂欢着
行走在坟墓和尸体间，化作尘土
他们渴望着鲜血，令人胆战心惊
蛇发女妖和月亮，摩耳摩幻化多变
快来这里，这是我们祭祀的仪式！[1]

---

1 *Philosophumena of Hippolytus* 4.35.

母鸡斩首后，女巫来到房间后面粗犷的炉子旁，将一杯混合了母鸡血和沸水的液体投入火上的小坩埚中。鲜血撩起火焰，一股黑暗、恶臭的烟雾在房间里翻腾，沉重地悬在阴影中，刻勒俄斯闷声发出一声尖叫。

“能感觉到她来了吗？”女巫的声音格外沙哑，“摩耳摩就在这儿，她听着呢。”

女巫的声音之所以沙哑，是因为她在往坩埚里添料时不小心吸入了一些石灰粉和硫黄的混合物。和瑟瑟发抖的刻勒俄斯一样，她也被这奇异的化学反应镇住了。她打算之后从秘密供货商那里多买点这些东西。现在的问题是，空气中弥漫着迷幻的气息，黑母鸡庄严献祭，可怕的摩耳摩在烟火中现身，这一切让刻勒俄斯结结巴巴说不出话来。

“说吧。”女巫沙哑着嗓子说，吓破胆的刻勒俄斯慌忙地张开口。

“诅咒他们！诅咒那些诅咒我的酒馆老板。愿阿尔忒弥斯（Artemis）将仇恨投射到帕纳戈拉和得墨忒里欧斯身上，将他们彻底摧毁。”

刻勒俄斯似乎终于找到了释放压抑情绪的出口，愤怒和沮丧倾泻而出，话一句接一句。“毁了他们所有的财产。毁了他们所有的东西。那个油嘴滑舌的得墨忒里欧斯，把他捆起来，捆得紧紧的，结结实实的。用‘狗耳朵’钉在他的舌头上！对，就用‘狗耳朵’！”

所谓“狗耳朵”，是指骰子摇出的最小点数。得墨忒里欧斯有天花乱坠的口才，刻勒俄斯想要他舌头打结、语句粗鲁、结结巴巴。

女巫站起身来，用另一种语言盛气凌人地说了一句："阿纳纳克 · 阿尔比埃里，艾伊尤。现在就去吧，回到你的王座上守护他——刻勒俄斯，让他免受伤害。"[1]

随后，她平静地站起来，穿过房间打开窗板。女巫和客户都深深松了一口气，弥漫的恶臭空气从房间里消散开，在阳光下，这里看起来只是一间普通平凡的屋子。

女巫从桌子下面的抽屉里拿出一块铅片，然后拿出一枚钢针，小心翼翼地写起字，一边写一边不时瞥她的纸莎草笔记。刻勒俄斯注意到，刻字的手苍白而秀丽，指甲修剪得很整齐。他静静地站着，一声不吭，直到女巫把写完的板子交给他。

刻勒俄斯敬畏地接过来，把卷好的铅叶子在指尖翻来覆去地摩挲。这是他的诅咒，一个实实在在的特别厉害的诅咒，在摩耳摩面前吐露出的名字，注定要被带入地下。

他读着咒语，突然对上面写的"四年为期"的说法有些困惑。随后他想起来，在大酒神节和泛希腊节上，每四年会有一次大型仪式，洗清城市中的恶灵和咒语。咒语需要避免被这样的净化仪式干扰，否则酒神节到来之时，咒语还未生效就被清洗掉了。这一点让刻勒俄斯不得不对女巫刮目相看。他自己就绝想不到这一点。这就是为什么如果想把事情

---

1 Dismissal of Spirits', *Papyri Graecae Magicae* 4.915.

做好，就要雇专业的人来做。

他立刻对这段诅咒表达了认可，并把其他酒馆老板的名字告诉女巫。接下来她会给每个人都单独施一个咒语，等到刻勒俄斯一小时后回来时，还会有一个简易的密封仪式。那时铅片会叠起来，埋在母鸡的血和骨灰当中，由刻勒俄斯亲手用钉子钉穿铅片，将咒语固定住。

随后，女巫会把咒语送往冥界。她本人并不喜欢这个环节。待到月亮在夜空中遮蔽不见的时候，她要带着这可怕的咒语前往黑暗的墓地。她要独自一人身处黑暗之中，至少她希望是自己一个人。对于每周都要召唤神灵、恶魔和黑暗女神的人来说，你永远不知道这片阴森的黑暗中有什么在等着你。这也是人们来找她的另一个原因，如果诅咒出现问题，会反弹到施咒人的身上，而不是委托人身上。

明天会有一场葬礼。阿尔凯乌斯（Alcaeus）可怜的女儿，才十四岁就死了。女巫打算把铅片悄悄埋在女孩坟墓旁边。在月光无法照耀的地方，赫尔墨斯，引导亡灵前往冥界大门的使者会来接应这个女孩。由于铅板上绘制了神秘的符号，赫卡忒、赫尔墨斯、在刻勒俄斯面前显形的摩耳摩都将收到这则信息，此外，女巫还不得不将委托人呼唤的阿尔忒弥斯加进来。

只要他们看到铅片，信息成功送达，诅咒就不可逆转了，酒馆老板们死定了。

完整的诅咒

2003 年，人们在比雷埃夫斯港东北部的泽皮特区（Xypete）发现了折叠在一起的铅片，这些铅片是用钉子钉穿的。

地下世界的赫卡忒，地下世界的赫尔墨斯，地下世界的阿尔忒弥斯

将你们的仇恨投射向帕纳戈拉和得墨忒里欧斯，投射向他们的酒馆，以及他们的财产和所拥有的一切

我，帕纳戈拉和得墨忒里欧斯的敌人，用鲜血和灰烬将他们与死亡捆绑

四年之期对此无效，由我将你们捆绑，得墨忒里欧斯

这是最牢固的束缚，把狗耳朵钉在你的舌头上。

节选翻译自拉蒙特（J. L. Lamont）的文章《一则来自古雅典新商业的诅咒》，见《岩石学与碑文杂志》（*Papyrologie und Epigraphik*）第 196 期，159—174 页(2015 年)

白天的第二个小时

（07：00—08：00）

摔跤教练准备授课

在雅典，运动是一件严肃的事。摔跤教练阿里斯顿（Ariston）总喜欢给自己班上的学生讲一个故事，苏格拉底曾因朋友艾庇肯（Epigenes）体形走样而批评他：

健康强壮的身体才是恰当的……他们过得更好，生活更愉悦，能为孩子留下更多的财富……在身体的各种用途中，保持尽可能高效工作是至关重要的。即便只是思考，这项看似最不需要考虑身体因素的活动也不例外，人人皆知，严重的错误总是与健康状况不佳息息相关。身体欠佳的人更容易记忆力下降。抑郁、忧郁，精神错乱都会对人的神志产生极大影响，甚至是将所有知识一扫而空。健康最能护人。

无论如何，随着年纪的增长，懒惰让你从未有机会见识到身体充分发挥出力量和美的潜能，这是相当可耻的。你太过漫不经心了，健康的体魄是绝无可能凭空出现的。[1]

苏格拉底经常与雅典的同胞们发生争执，但在这个问题上，哲学家、摔跤教练阿里斯顿和这座城市的人民是完全一致的。在雅典，坚固的体育场不只一座，而是有三座（还有一些小操场，有些是专业运动员的私人训练场），除了阿里斯顿工作的学院之外，还有吕克昂（Lyceum）和赛诺萨吉斯（Cynosarges）这两座。

这些体育场都坐落在城墙之外，因为田径运动需要比较大的空间。位于南部郊区的赛诺萨吉斯相当偏僻。另外两座体育场仅对雅典公民开放，因此混血儿和非婚生子女都在此处锻炼。毫无疑问，歧视带来了种种苦涩，因此犬儒派哲学会在赛诺萨吉斯发展起来也就不足为奇了。

学院和吕克昂的称谓直接与学习的概念相关，因为希腊人，特别是雅典人，并没有把育体和育智区分开。体育场并不是学院的附属品，它本身就是学校。每天早晨，男孩们成群结队地来到各自的体育场进行严格的体能锻炼和脑力训练。体育馆中的教练们各有所长。阿里斯顿教授摔跤，苏格拉底希望专注于教授音乐，其他人更擅长舞蹈。

---

1 Xenophon, *Memorabilia* 3.12.

> 任何体育锻炼都不能与舞蹈相提并论，舞蹈兼具美感、灵活性、柔韧性和力量的全面发展。艺术无所不能——它能提高人的智力，锻炼身体，取悦观众，同时学习历史（古代艺术）。
>
> 琉善《论哑剧》（*On Pantomime*）72

男孩们没什么选择的权利。他们都是被父亲送来的，一天中前三分之一的时间，只有教练和十六岁以下的男孩可以进入场馆。等到场馆向所有人开放的时候，在校的男孩们会来到场中央。除了战士文化中必然要保持身体强健之外（每个健全的雅典男性都将走向战场），体育馆中还有优美的音乐、科学讲演和哲学辩论。以苏格拉底为例，他常在吕克昂周围徘徊，与各式各样的来访者较量，捍卫自己的哲学知识和哲学灵魂。

今天学院的课程要从摔跤开始。体育官认为，严格的训练要从晨练唤醒大脑开始。体育官坚信体育锻炼大有益处，因此学院一般的课程都与之有关，另一半主要是音乐和文法课程。体育官的想法很重要，他是这里的主管，是阿里斯顿的老板，是这片区域绝对的领导人物。

体育官一般都是有钱有势的人。他们自掏腰包支付体育馆中的各项费用，如运动员用来涂抹身体的油、摔跤场的沙子和维护场地的奴隶支出。衡量他成功与否要看两点：这里有多少人在为希腊伟大的体育竞技比赛做准备，以及青年人的教养和举止如何。这是个很有声望的职业。

男孩们已经脱下了衣服（“体育馆”一词发源于希腊语，意思是“裸体运动”）。这里是受庇护的场所，公众看不到他们，周围有大理石围墙，还有许多树木提供阴凉。实

在这幅古罗马庞贝古城的马赛克作品中，柏拉图和他的朋友们正在追忆往事

际上，这里的小树林很有名。放学后，成年人的一项休闲活动就是在树林里散步和野餐。现在更是如此，学院的这片小树林是历经了斯巴达人早年数次入侵幸存下来的成年树木。斯巴达人想要引诱雅典人离开他们的防御工事来战斗，在城墙外，他们把雅典人可能重视的所有东西一件件都摧毁了。为了抵消孽债，笃信神灵的斯巴达人把树林完好地保留了下来，但也仅限于此。

学院简史

追溯到雅典的神话时期，整个阿提卡是由不太能称得上英雄的忒修斯（Theseus）统一的。他人生的最低点是绑架了未成年且美丽的斯巴达女孩海伦（Helen）。他把海伦藏在雅典，就匆忙赶往地下世界开启另一段冒险。

当斯巴达军队前来找寻失踪公主的时候，忒修斯并不在家。一个名叫阿卡特摩斯的人探察后找到了失踪的女孩（海伦很快还会再次被绑架，在特洛伊这段故事里再次登场）。

人们为了感激阿卡特摩斯拯救了这座城市，在雅典河畔一处荫凉的地方划了一块地送给他。这里最终变成了体育馆，许多哲学家混迹于此。“学院”的名气一直延续下来，演化为今天成千上万的学院。与此同时，

21世纪的雅典学院再次回归原点，变成了一片绿树成荫的公园。

阿里斯顿等着男孩们排着队进入冷水浴室，这是体育馆的第一个房间，在这里，他们要洗净身体，在身上擦油。摔跤课结束后，他们会来到洗浴室，将更多的油涂抹在身上，再在油上撒上细细的尘土。这是希腊常见的洗浴方式。此时已经有了肥皂，但只有野蛮人才会用。谁愿意整天闻碱液的味道呢？他们用的是浸泡了芳香草药和油膏的橄榄油，在油渗入毛孔之前，要用一种叫刮身板（strigil）的弯曲铜器把皮肤上的尘垢刮下来。

我相信孩子们首先感受到的是快乐和痛苦。美德与邪恶就这样首次同时呈现在他们面前……现在，我所说的教育，是指训练孩子们养成好习惯，使他们本能地具有美德……

关于快乐和痛苦的训练会引导他们从此憎恨应当憎恨的东西，爱应当爱的事物。这种训练可以与其他训练分开，这就是我认为正确的教育方式。

柏拉图《法篇》（*The Laws*）Bk 2.15ff

显然出于各种考虑，体育官不可能亲自指导学生。有两个教练负责这项工作。一位是指导教练（paedotribos），曾经的运动员，专门负责以适宜的方式对学生进行训练和饮食指导。如果体育官想要了解今天学生们以什么形式开始训练，是否要来一场激烈的摔跤比赛，只有训练师知道答案。今天，训练师决定以摔跤比赛开始，来一场“硬碰硬”的比赛。有的练习会在地上滚得很脏，场面也会相当激烈——变成十足的“地面”摔跤，比赛结束后有时只有一方能站得起来。

在这样的格斗赛中，获胜者需要把对手三次摔倒在地。这对准备参赛的孩子是由训练教练（gymnastes）选出来的。阿里斯顿就是这样的训练教练——他负责监督指导教练制定的训练内容顺利进行。为了确保在清晨的热身活动中无人受伤，阿里斯顿先把身体最弱的几个孩子送到围墙边上的角落，让他们用装满沙子的帆布吊袋练习，锻炼力量，磨炼技巧。

剩下的孩子按力量和技能匹配分为两组，强壮的孩子一般会有技术比较好的孩子作为对手。这样一来，教练就面临着一个问题：亚里士多克勒斯（Aristocles）怎么办？不能不让他参加晨练热身，他的父母血统高贵又有权势（母亲是古代立法者梭伦的后裔，父亲的血统可追溯到更久远的雅典国王——今日已无迹可寻）。另一方面，这个孩子没有像样的对手。看他宽厚的肩膀，很难让人相信他只有十二岁。

宽厚的肩膀不仅肌肉强壮，他的技术也十分熟练。其他像他这样强壮的孩子只靠力气就能轻易赢得摔跤比赛。亚里士多克勒斯并不是这样的人。他不加批判地遵循着苏格拉底的格言，即个人有责任使自己的身心尽可能完美。亚里士多克勒斯研究摔跤时的状态，与他研究其他身体和思想活动时一样严肃得可怕。别的孩子会把对手摔倒在地。亚里士多克勒斯会把对手扔出去半个体育馆那么远。

柏拉图

柏拉图出生于公元前 427 年，眼下只有十二岁（另一说出生于公元前 423 年，也较为可信）。他的父母与厌恶雅典式民主的故步自封的保守贵族关系密切。

作为一名摔跤手，年轻的柏拉图完全有实力参加享有盛誉的伊斯特摩斯竞技会（Isthmian games）。直到遇到苏格拉底，他才变成了虔诚的哲学家。柏拉图在学院里创立了自己的哲学学校，他最著名的学生是个年轻博学的人，名叫亚里士多德。后来，柏拉图到叙拉古旅行，希望把叙拉古的统治者改造成他梦想中的哲学家国王。但此行的结局并不完美。

他毫不遮掩自己对希腊男性拥有优越性的看法，其社会政治观点也相当残酷（例如，为了净化种群，应当除掉精神衰弱的人），格外挑战现代读者的神经。然而，他的诸多著作，如《法篇》和《理想国》，奠定了西方文明理解世界的基础。

阿里斯顿很想亲自和他过过招。在家乡阿尔戈斯（Argos），他是出了名的摔跤手。年轻的亚里士多克勒斯还未进入青春期，却已经和阿里斯顿一样高，如果要说区别，他的肩膀更宽。训练教练要经常与同事切磋来保持身材，这让他不禁想年轻的亚里士多克勒斯要如何与职业选手对抗。当然这是不可能的。恋童癖在雅典社会中相当普遍，任何神志正常的父母都不会允许自己赤身裸体、满身油污的孩子和成年人打架，无论初衷有多么纯洁。

教练打发了一个将将够格的孩子去打沙袋，剩下的摔跤手变成了单数。当然，亚里士多克勒斯没有对手，他以沉思的目光注视着教练，面露不满，意思是他知道教练做了什么，为什么这么做。

教练点名选出三对最厉害的摔跤手。“你们六个人，去那边练习投掷，赢了的回来和这个小柏拉图练一练。”

“柏拉图”有“宽阔”的意思，可以形容平原或河流宽广。对胸膛格外宽阔，需要额外扯布裹胸做罩衣的人而言，这个昵称格外常见。对亚里士多克勒斯来说，这个名字恰如其分，几乎所有人都称他为“柏拉图”。

他在阿尔戈斯的摔跤教练阿里斯顿手下学习。阿里斯顿给他取了“柏拉图”这个名字，因为他身材非常魁梧。正如亚历山大（Alexander）在他的《哲学家世系》（*Successions of Philosophers*）中告诉我们的一样，这个名字取代了他本来的名字亚里士多克勒斯，这本是他祖父的名字。

第欧根尼·拉尔修《柏拉图》Bk 3.1

摔跤课之后是音乐课，此时柏拉图就没那么显眼了。他的声音很小，而且比较刺耳。不过他诗歌学得不错，最近他正专注于酒神赞歌题材。作为柏拉图，他会继续不断努力尝试，直到能用百合花一样甜美细腻的声音背诵自己的诗歌为止。[1]（此后，柏拉图还会尝试进行悲剧创作。在一次参加比赛的过程中，他停下来听到了苏格拉底的演讲。这让他意识到自己的言语和哲学家相比是多么笨拙，于是他喊道：“来吧，火神，柏拉图现在需要你。”并且当场烧毁了自己的剧本。）

眼下，柏拉图已经准备好在接下来的课程中提前纾解音乐课上的挫折情绪。他舒展了一下肩膀，对被选中的六名对手友好地笑了笑，而这六名选手明显对预赛相当缺乏热情。

1 Diogenes Laërtius, *Plato* 3.7.

白天的第三个小时

（08：00—09：00）

鱼贩支好摊位

当阿尔刻提斯（Alcestis）准备开始时，她看到优卑亚岛的羊毛商人在焦虑地盯着天空。

“别担心。”她轻松地说，“不会下雨的！”羊毛商人冲她笑了笑，不是称赞她预报天气的能力，而是为了表达感激。对阿尔刻提斯来说，下不下雨无所谓。她其实更喜欢下雨。只是一旦下雨，羊毛商人的生意就做不了了。羊毛按迈纳（Mina）出售（1 迈纳约合 630 克），羊毛变湿会增重，价格也更贵。集市上的摊位是露天摆放，如果下雨，羊毛就会浸湿，市场管理部门断然不会允许羊毛商人以损害顾客利益为代价进行交易。

今天比平时更加重要，人们来到雅典参加酒神节。来自希腊乃至世界各地的游客熙熙攘攘。中央广场挤满了来自地中海各地的商人，这里是城市最主要的市场，也是公共大道的交会处，是人们社交的场所。商人们为富裕的游客提供高品质的商品。世界上没有任何一个地方或时间点会比在这里支上摊位有更好的赚钱机会。

阿尔刻提斯对面的摊位排成一长排，向着雅典娜节日大道东侧延伸。这一排占了半个体育场（约 84 米），从南延伸到与十二位神灵的祭坛平行的地方。阿尔刻提斯瞟了一眼，就看到有摊位贩卖精致的波斯拖鞋和阿摩基斯（Amorges）羊毛长袍，长袍编织得非常精细，几乎成了有碍风化的透明袍子。另一个摊位挂着一件红黑相间的意大利斗篷，是用卢卡尼亚（Lucarnia）的厚羊毛制成的，袍子浸润在羊毛脂油里，除了暴雨之外，其他都能阻挡。还有一个摆着稀有阿拉伯香水和油膏的小摊，摊位旁站着商人，桌子上堆满了莎草纸，正担心地望着天空。

阿尔刻提斯记得昨天有人遇到了一个胖乎乎的小个子男人，用手扒拉着地摊上在售的吕喀亚的上好地毯。

“噢，苏格拉底！什么风把你吹来了？我以为你只要灯芯草的垫子呢。”

那人直起身子，阿尔刻提斯看到了一张丑得吓人的脸上闪烁着惊奇的光芒。

“哦，我经常来这里。”苏格拉底边说边挥舞手臂，冲着一排排摊位画了个圈，“我经常感到惊讶，有这么多东西都是我不需要的。”阿尔刻提斯把一大块鱼肉放在甜菜叶子做的垫子上想，他肯定不需要我的鱼。我打赌他是个专吃臭鱼的人。是个吃鳀鱼或咸鱼的人。

这当然是一句骂人的话，但和其他雅典人不同，苏格拉底不在乎自己吃什么鱼。一些上流社会的人对葡萄酒很挑剔，还有些通过珠宝、衣服或鞋子来评价他人。但鞋子在这里不重要，即便是有钱的雅典人也常常光着脚，这座城市通过对鱼的品味评价他人。体形较小的鲱鱼和鳀鱼是买不起好鱼的人才会买的食物，虽然苏格拉底买得起好鱼，但他也不会购买。人们都不会拒绝乌贼，但富人吃的是最好的金枪鱼、灰头鱼或其他大型鱼类。

有一些摊位售卖这些美食佳肴，但当市场开放的钟声响起时，人们还是会首先冲向来自叙拉古的阿尔刻提斯的摊位上。她售卖的是墨西拿鳗鱼，人们普遍认为鳗鱼是鱼中之王，是食道的愉悦巅峰。正如剧作家所说：“如果我是神，除了鳗鱼，祭坛上不许有任何其他献祭物品。”在重要场合中，奉上普通鳗鱼已经是上佳的招待。但说到无论何种场合都无可挑剔，唯有墨西拿的鳗鱼能堪当此任，它是鱼类挑剔者眼中的金羊毛。

“墨西拿的公民，当你把此等美味放进嘴里，就拥有了比其他人更高的特权……鳗鱼无疑是盛宴的主宰，烹饪界中的王者。”阿切斯特亚图（Archestratus）在他著名的诗作《美食法》（*The Gastronome*）中这样写道。关于这一点，雅典人深表赞同。但凡有墨西拿鳗鱼售卖，雅典人绝对会蜂拥而至，出价高到失去理智。皮奥夏湖中的鳗鱼是次一级的选择，虽然这种鳗鱼也很美味，但名头和稀缺性不如墨西拿的鳗鱼。

这就是为什么十五天前在西西里岛，阿尔刻提斯和她的丈夫给自己卖货的小船“忒提斯号”上装满了叙拉古的奶酪、深色的西西里葡萄酒，以及成桶的墨西拿鳗鱼——有些是盐渍的，有些是熏制的，还有些活的放在咸水桶里蜿蜒爬行。阿尔刻提斯已经在市场上卖了三天，故意让鳗鱼供不应求，使得那些高雅的养马的白痴觉得自己无比幸运，甘愿掏出自己无底的钱包，付给她五倍的价钱。

有趣的是，虽然在荷马的诗歌中英雄们总是享用着盛大的肉食盛宴，但实际上，肉类在这座城市中并不那么受欢迎。原因之一是多数雅典人只能从祭祀中获得肉食。这是一种与神进行的古老交易，神祇接受祭祀野兽的皮毛、骨头和角（如果有的话），人类获得肉。然而，因为献祭品的公共性质，所有参与者只能拿到等分的份额，所以，祭祀后人们一般拿到的都是割下来的整块的肉、内脏和软骨，而人们几乎不会考虑哪里是最适合下刀的位置。

此外，这也关乎形象问题。大多数鱼在城市市集或比雷埃夫斯港口出售，因此鱼类可以说是一种城市菜。只有乡下人才在胡子上挂着油腻腻的猪油。城市里的讲究人吃的是优雅的白色片状鱼。

今天是最后一天，阿尔刻提斯支好摊位。她已经做足了广告，估计一小时内就能卖光。在那之后，她准备开始讨价还价，采买些回国能赚一票的东西：几匹丝绸、小瓶提尔紫染料——已知世界上唯一不褪色的染料，以及雅典陶瓶，此外希望还能买到欧里庇得斯最新的作品。这位剧作家在叙拉古大受欢迎，贩卖他首版的最新作品肯定会赚上一大笔。

集市上的雅典商人和东方商人都认为直接和女性打交道是极大的侮辱。伯罗奔尼撒半岛东部任何一个体面的女性都不想去市场里讨价还价。阿尔刻提斯曾见过穿戴面纱的雅典贵族妇女，她们简直就是行走的帐篷。买东西的是仆人，而妇女们则小声在仆人的耳边嘀咕。阿尔刻提斯自己出来做生意，而且做得很好。

卖货的摊贩看到她暴露在外的脸庞准会气得面色发白。但他们很快就会看到她手里的银币。而且他们很快就会明白，这个形象毫不拘束的女人在砍价的时候也绝不会顾及廉耻——她会以最低价买下来。阿尔刻提斯这周初就花了不少时间研究这些摊贩。她已经摸清了所有自己想要的商品的最低价格。

她的丈夫也会照看生意，但眼下他正在比雷埃夫斯港照看“忒提斯号”准备随时启程，提防着橄榄枝俱乐部和两个受人雇用的在船坞出没的恶霸，以免船舱中的货物遭遇不测。除了港口的危险外，归途也相当艰难。航行缓缓经过埃伊纳岛，在前往科林斯的路上需要途经伯罗奔尼撒半岛，而

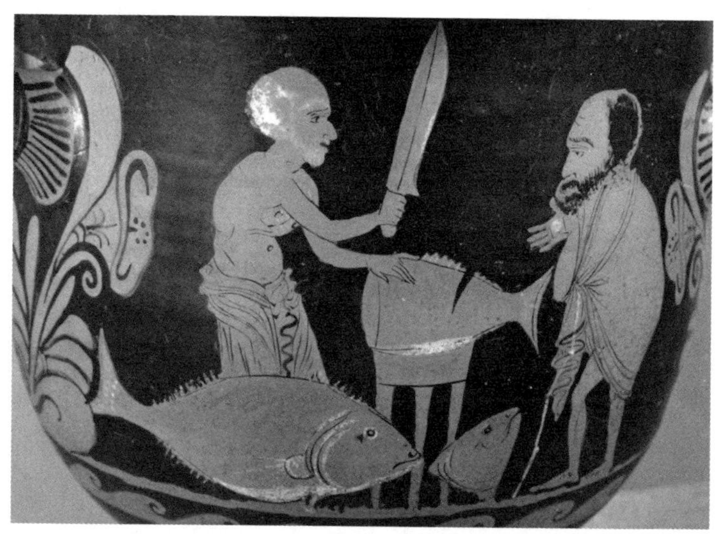

卖鱼摊贩和顾客

且要绕行致命的马里阿海角（Cape Malea）。

随后，这艘小船将向克基拉（Corcyra）驶去。小船沿着海岸航行，此时船员们无不祈祷着避开那些从阿尔巴尼亚海岸偷偷驶来的光鲜亮丽的卢布尼亚（Luburnian）海盗船。在这之后，如果在穿越亚得里亚海前往意大利港口布隆迪西乌姆（Brundisium）之前没被晚春的风暴掀翻的话，阿尔刻提斯接下来就会沿着逶迤的海岸线一路悠闲航行。中途快速通过墨西拿海峡时，应当向守护这里的神灵宙斯·伊托马塔斯（Zeus Ithomatas）献上一杯酒，感谢他赐予的鳗鱼。随后回到天堂一样的奥提伽海港，这是叙拉古的重要港口。

现在人们聚集在拦截的绳子后，等到市场正式开放，顾客才能进入。阿尔刻提斯已经做好了准备，她从集市管理员（Agoranomists）那里拿了天平，又在旁边放了一小堆砝码。集市管理员负责在位于宙斯柱廊（Stoa of Zeus）的办公区监督集市的运行情况，这一地点安排得也很恰当，毕竟宙斯是秩序之神。

为了保证商品足斤足两，市场内需使用官方认定的标准砝码。如果有人跑到管理员面前申诉，说卖货人少放了砝码，那么卖家将会面临厄运。一般摊贩的砝码上会刻有小猫头鹰（雅典半官方印章）以显示足斤足两。但像阿尔刻提斯这样的外来人还是去市场管理员那里租用整套的称重设备比较方便。如果有顾客抱怨缺斤短两，她可以直接让他们去找管理员。

想到这里，阿尔刻提斯回头看了一眼后排卖橄榄油的商人。她来到集市的第一天，就有人指控这个卖货人缺斤短两。卖油人没有砝码这样的称重设备，他有一个高脚桌子，把碗一个个嵌在桌子里，碗底部带有阀门。

比如，如果来人想要买 12 勺（kyathoi）油（大约比半升多一点），卖家就会把油倒进碗里，碗装满后打开底部的阀门，倒进顾客拿来的容器里。这次，有顾客怀疑示意碗“满”了的线画得比规定的要低。

两个市场管理员从柱廊那边走过来，由一个负责在市场维护秩序的魁梧的斯基泰弓箭手在前面开道。管理员拿了一个带着刻度的瓶子。他们严肃地把油注满到 12 勺标记的位置，然后倒进摊贩的碗里。结果表明，如果一定要说有问题，就是摊主还算慷慨，碗里的油量离刻度差一指宽。

“我是市场监督员。”皮特阿说，“如果你来买东西，我可以帮助你。”

“谢谢，不过不用了，我已经买了晚饭要吃的鱼。”

皮特阿把我的篮子拿过去，摇晃着检查里面的鱼。“这几条鲱鱼花了多少钱？”他问道。

“我讨价还价了一番，但最后砍到了20个铜币。”

他一下被这话激怒了，拉着我走回集市。“是哪个卖货的人把这些垃圾卖给你的？”他问道。

我指了指蹲在角落里的矮个子小老头，皮特阿一腔怒火冲上前去。“你这个无赖——竟然如此无耻地欺骗朋友……我要你好好看看，这样的恶棍在我手下是怎么个下场！”

他把篮子里的东西全部倒在地上，命令一个属下把鱼踩成肉泥。然后他微微一笑，对自己如此严谨地履职深感满意。“好了惩罚够了，鲁巧。”他说，“已经够羞辱这个老无赖的了。”

他挥了挥手示意我离开，我惊讶得说不出话来，照做了，我已经没有钱再买一份做晚饭了。

“惩罚”鱼贩子，阿普列乌斯《金驴记》1.24—25

阿尔刻提斯用一根又细又直的小树枝驱赶鱼上飞舞的苍蝇，集市开了，鱼看起来又好又新鲜。但第一位顾客并没有立刻买东西。

他看了看货，然后大声说："我得看看这儿的熏鳗鱼。有一天晚上，小克里斯珀斯（Chryshippos）吃了一条这种鳗鱼，就完全离不开厕所了。至于鲜鳗鱼，大家说六月前不能吃鲜鳗鱼。它会影响体液平衡。"

阿尔刻提斯看着这个大嘴巴的人。"我还有咸鳗鱼。"她说。那人惊恐地后退了几步，胡须因激动而抽搐。

"不要盐腌的！为什么？我上次吃了咸鳗鱼，里面几乎全是盐。后来我喝了好多水，自己都快变成鱼了。现在我还能尝到盐的味道，但无论如何都想不起鱼的味道了。"

"你说，"阿尔刻提斯好笑地问，"这种老把戏还有人上当吗？你往后一撤步，对我的东西左右挑剔，指望着老板傻傻地自降价格，或是便宜卖了打发你走。在我这儿不可能。要么你现在就买东西，全价买，要么我以商人的守护神赫尔墨斯的名义发誓，我永远都不会卖给你东西。即便我一件卖不出去全都拿回家，也绝不卖给你。"

两个人相互瞪着，仿佛是一场竞赛，其他顾客看着他们俩。最后，大嘴巴若无其事地说："这样的话，请给我拿那边的两块熏鳗鱼。"

阿尔刻提斯很快把东西打包好，递出去之前，她说：

“哦，还要给三个奥波[1]的批评费。快点吐出来，不然我就把这鱼以半个德拉克马的打折价卖给排在你后面的先生。”

排在前面的批评家丝毫没有犹豫，立刻用舌头从嘴里把附加费挖了出来。雅典的银币很小。一个奥波只有半个指甲盖那么大，而且很轻。如果带上钱包很容易招贼，雅典的长袍外面没有口袋。所以携带这些小硬币最简单的办法，就是把它们塞进牙龈和嘴唇之间这个大自然专门设计的小袋子里。

阿尔刻提斯什么都没说，把银币扔进盛水的碟子里，这是她的收银机。随后，抢购热潮开始了，顾客们挤在一起，每个人都争抢着比身边的人出更高的价。随着存货越来越少，价格也越来越高，正如预料的那样，一个小时内全部卖完了。

阿尔刻提斯正在收拾摊位，一个汗流浃背的中年人走过来。“鳗鱼！还有鳗鱼吗？一条都没了吗？”

他们带来整篮整篮的鳗鱼……我们都争先恐后地去买鳗鱼，争着要和莫里克斯（Morychus）、泰利艾斯（Teleas）、格劳切特（Glaucetes）以及所有贪吃的人争夺。当墨兰提俄斯

1 奥波（obol）是古希腊使用过的一种银币，1 奥波相当于 1/6 德拉克马。——译者注

（Melanthius）来到集市时，他们告诉他："对不起，没有鳗鱼了。已经卖光了。"

然后他呻吟起来，开始美狄亚式独白。"唉，我要死了，我要死了。哦，悲哀啊，我竟然让那些藏在甜菜叶子里的东西从我身边溜走了！"

阿里斯托芬《和平》（*The Peace*）l.1002

阿尔刻提斯摇了摇头。来人站着喘粗气，显然他是全力赶来的，不知道是什么耽搁了时间。"你认得我吗？墨兰提俄斯，悲剧作家。我很有名的。你肯定为特殊客户留了些货。我出双倍的价格。"剧作家绝望地翻着阿尔刻提斯桌上的甜菜叶子，企图发现有隐藏的鱼肉片。

听到身后传来窃笑声，他停了下来。一个面色蜡黄、衣着讲究的年轻人站在那里咯咯地笑着。墨兰提俄斯惊恐地举起双手。"阿里斯托芬，不要！我的鳗鱼已经没了，你还打算四处宣扬这件事。是不是？不要这样，怎么连你也……"

白天的第四个小时

（09：00—10：00）

访客救人一命

二人从集市离开。他们一边深入探讨着，一边交替称赞着离开市集前在摊位上买到的蜂蜜苹果糕点。路人好奇地打量着他们，因为年纪大些的老人好像是学生。他专注地听着，不时停下来，以便记住一些细节问题。

这让很多人都感到惊讶，菲科斯是位相当受人尊敬的医生，他有自己的学生。但这个年轻人，这个四十多岁的壮汉，却是个陌生人。他的口音有着爱琴海东部居民特有的歌唱韵律［在阿提卡东部很多城市中，希腊语已经演化出了不同的方言。在小亚细亚地区的索利（Soli），人们讲话时经常会出现语法错误，那些特别严重的语法错误被称为“solecisms”］。他就是来自科斯岛的希波克拉底，无愧于世界上最伟大医生的头衔，不需要虚伪地故作谦虚，这个称谓只是简单陈述事实而已。

“人是一体的。”希波克拉底说，“你仔细想想，如果肺部染了热病，是不是人的脑子也会有点糊涂？手部割伤可能会导致肠道出血。如果一个人大腹便便，这就是一个信号，无论是因为什么，他很可能会比苗条的人死得更快。”

“你知道，这就是问题所在，我在尼多斯（Knidos）的学校里遇到的就是这类问题。如果肝脏出了问题，他们就只医治肝脏，就好像是，可以这样讲，肝脏和身体内脏没有任何关系一样。但我观察到肝脏的问题可能会演变成皮肤或肾脏问题。身体某个部分长了肿块，但病根实际在别处。我们需要把身体当作一个整体来看待。”

菲科斯从牙缝里剔出一块苹果渣。在肿块扩散并损害其他器官之前，必须将它切除——他必须把这个比喻告诉他的朋友尼西阿斯。作为老练的政治家和演说家，尼西阿斯会很高兴把希波克拉底的话用在谴责对手亚西比德的演讲中。

菲科斯同意尼西阿斯的观点，年轻的亚西比德是这座城市的毒瘤。他刚愎自用、行为莽撞，对长辈毫无敬意，对神祇没有畏惧，他腐蚀了整个政体。

亚西比德是极其典型的放逐人选。雅典人可以通过投票的方式将政治家放逐十年之久。放逐不是因为他做了违法的事，而是公民认为他对政体构成了威胁。

尼西阿斯应当主张放逐亚西比德，就像医生要在毒瘤损坏宿主其他器官之前将它切除。这个医学上的比喻可能能帮助人们更好地理解这件事。在亚西比德将雅典拖入危险而愚蠢的叙拉古远征计划前，必须将他放逐。

等菲科斯反应过来，发现自己完全没听到希波克拉底最后说了什么。一个穿着凌乱束腰外衣的男人从人群中挤过来，彻底断了他的念头。“菲科斯！有没有人看见这个医生？他从集市上离开后来到了这条街上。我要找菲科斯！”

“我就是菲科斯。”

“快来，求求你，马上。出事了。石柱底座把人砸了。”

来搬救兵的人急得上蹿下跳。“在赫费斯提翁神庙（temple of Hephaestion），我们正在维修。底座从车上滑了下来。是小德库连（Young Deculion），底座压住了他的腿。你能不能去救救他?

话音落时，两位医生已经冲了出去，只能看到背影了。他们在街上拼命狂奔，为的是阻止工人们把他们的病人杀死。

人们在石柱底座下面插上了木杆，打算用圆石作为撬点，把半死不活的人救出来。不远处，有人把一对公牛套在马车上过来帮忙，人群在一旁有的讨论，有的祈祷，还有的出主意。

菲科斯停住脚大口吸气。与此同时，希波克拉底毫不客气地把工人们从柱子旁推开，又把俯身在伤者上方的人踢开，然后小心翼翼地试探着伤者的腹部。

“呼吸浅，脉搏弱。皮肤苍白湿冷。脑后有大面积挫伤和肿胀。没有凹陷，头骨完好。这人磕到头了吗？”

“我不知道。他摔得很重。”一个工人说，“他的头一定是撞到了石头。摔倒之后，他就没有动过，也没有说过话。但要命的应该是那个石柱底座吧？我们得把他挪出来。”

这座庙宇前的石柱不是用单块石头雕刻而成的。大多数石柱的高度是人身高的两三倍，即便能找到合适的石头，制作成巨石柱也是艰难的工作。相反，普通柱子是用石座垒成的，圆形的大约有一肘尺高，顶部和底部都是平的。有些石头在平滑的表面上打了洞，用金属棒来固定上下两个石座。但是多数情况下，只需依靠石座本身的重量就可以固定住。

战场救护

等到将所有石座堆成一根柱子，工人们会把混合了石粉的泥浆填进缝隙，再用沙土打磨，这样接缝处就和其他部位看不出什么区别了。压在小德库连小腿上的石座是打算放在最底下的一截，这是一块巨大的大理石。

希波克拉底解释道："如果把石座搬开，这个孩子肯定马上没命，现在好歹还有一口气。血液会涌入他受损的肢体，体内的体液会紊乱，明白吗？如果你还想挪就挪吧。如果你真的这样做了，痛快一死对他来说也未尝不是件好事，这点毫无疑问，不过这样一来，他就没办法做我的病人了。我们最近在学校里本着的原则就是'首先，不给病人带来伤害'。"

工人看着菲科斯："这人是谁啊？"

"科斯岛的希波克拉底。我们这个时代最伟大的医生。他去过埃及和巴比伦，医学知识比十个我加起来还要多。我觉得今天这个孩子算是走运了——当然也不能这样说。如果你想救他，就按希波克拉底说的做——不要生气。他可能说话比较直。"

希波克拉底没有再理会。"这条腿必须切掉。"他指着石座和地面之间压着的坏肉。"准确来说，这已经不是一条腿了。我们只能像对待坏疽一样对待它，把关节以下切除。菲科斯做好笔记，即便病人死了，这份记录也是有用的。"

一位旁观的人评论道："这也太冷血了。"希波克拉底抬起头。

“生命是短暂的，但医学的艺术是永恒的。袖手旁观帮不上忙，也不学习怎样才能帮忙才是冷血，也就是你现在干的事，明白吗？在你变得全然没有用处之前，麻烦你保持安静，不要开口说话。”

希波克拉底

当我们谈到人体康复、复发，某种疾病是急性、慢性或流行病这些概念时，这些术语的发明人都是希波克拉底，即“医学之父”。

希波克拉底将医学坚定地与宗教法术之类相分离，成为一门独立的科学（法术是指通过超自然的手段进行治疗，如祈祷、魔法护身符以及献祭）。

希波克拉底建立了观察、临床诊断和医疗程序等科学治疗原则。这里描述的截肢手术（据传）直接取材于希波克拉底及其医学院学生所著的《希波克拉底文集》（*Hippocratic corpus*），医学院坐落于其出生的科斯岛。“首先，不给病人带来伤害”这句希波克拉底誓言仍然为现代医生遵循。还有另一句名言“Ars longa, vita brevis”，即“艺术永存，生命短暂”。这句话经常为文学界所借用，实际最初发源于医学界。

希波克拉底去世时至少有八十岁，有记载称他活了一百多岁。他的名字的意思是“马的力量”。从新陈代谢的角度来讲，这名字没有取错。

希波克拉底转向自己的医生同伴："菲科斯，我要把这里切开，神经已经断了。这已经是一块肉了，一般不建议切掉。如果病人清醒，他很可能会昏过去，而且再也醒不过来。我们这个病人现在已经处于昏迷状态，很有可能死掉，所以我们只能试一试。此时最危险的是什么？"

"大出血？"

"是的。主血管切断，骨头压碎。一般腿伤成这个样子，我会选择等待，让坏疽自然地与骨头分离。毕竟，化脓的肉看起来比治起来更难。但现在我们不能这样做，你知道，遭遇危险时出些血也是好事，它能把受伤部位坏掉的体液冲走。你对治疗大出血有什么建议吗？"

"炙烤？"

"有理，确实有道理。非常的情况需要非常的手段。首先考虑按压。我曾经见过康复的病人，即便是在坏疽侵入了大腿骨的时候。我需要……"希波克拉底转着眼珠，搜寻着记忆。"水，干净的水，请注意，我要一些温水，还要一壶热水。醋、蜂蜜、无花果叶子、松脂。我还需要布，干净的亚麻布。从集市上买一点。要一把刀，要尽可能锋利，刀刃无锈。还有皮革——大概……"希波克拉底举起双手，用指尖比画了一个大约两英寸的圆形。"要迦太基皮革，如果你能找到的话。没有的话什么皮革都可以，要拉薄。”

“你要用皮革做什么？”菲科斯好奇地问。

“我要在这里做楔形切除。”希波克拉底在病人膝盖下方比了一个倒置的V形，在画到V字尖的时候，他不得不把手伸到石座的下面。“看到腿上的肿块了吗？骨头已经碎了，所以在‘V’的尖端要少留肉。我们把骨头下面比较长的肉拉到一起，用皮革和绷带罩在上面包扎。皮革可以让皮肉长在一起，不会粘在布上。”

希波克拉底戳了戳碎骨下面，看病人是否有反应。没有任何动静。

“现在就把刀拿来！”希波克拉底吼道。人群中，一些人吓得开始往后退。他低头看着病人喃喃自语：“首先，诊断。什么是正确的，什么是错误的。什么是显而易见的，什么是需要了解的。什么可以通过观察了解，然后触摸，然后听。其实嗅觉和味觉也能传递信息。理解这些信息，如果不理解，一切观察都毫无意义。这些都已经做完了。

“接下来要明确。关于这个病人，谁负责手术，有什么工具可用，光线怎么样。必须搞清楚顺序是什么。我应不应该在这里，现在这里是普通的日光光线，能照得到手术区的位置。我的长袍不会妨碍手术。指甲修剪过了。助手相当称职。现在我们需要工具，按照使用顺序排列好。你，菲科斯，把东西递给我。事先做好准备，听我的指令行事。”

除了希波克拉底之外，其他旁观的人也迅速开始行动。如果危机无可避免，那么就在雅典好了。在紧急情况下，雅典人反应迅速且冷静，这可能是因为他们总是能很不幸地遭遇祸端。几分钟之内，希波克拉底要的东西都拿到了。他手握一把锋利的削皮刀，后面站着工头，正和卖亚麻布的摊贩争吵不休。

“你们两个，扶住那孩子的肩膀。他很可能醒不过来，但要注意，我不希望在我动刀子的时候看他像上岸的鳟鱼一样跳来跳去。菲科斯，我们暂时勒住这里，大腿内收肌。胫骨和腓骨之间有一条主动脉，当我切断它的时候，你需要勒住股动脉，阻止血液流动。我见过埃及人这样做。这就像在下游决堤之前，先在上游拦好河水。无论如何，这样做是有效的。你勒住这里，出血量会减少，直到伤口缝合包扎好为止。”

“如果绑绷带有效，为什么不把绷带勒在大腿上呢？”菲科斯问道。

“那样不行，你明白吗？如果绷带勒得特别紧，他的下半身会因为某种原因造成损伤，最终腐烂。这就是为什么对付膝盖下面的部分，我们也不能勒得特别紧，而是多裹几层。”

希波克拉底进行得很顺利，他偶尔会翻转刀身，用细长的刀柄分离肌肉纤维，而非用刀片将其切断。他其实并不是特别需要菲科斯，但有他在场也好，希波克拉底在大腿上每指一处，菲科斯立刻用指关节死死按住。

在他肘部抽筋泄力的瞬间，鲜血立刻涌出来流到手术的位置，招来希波克拉底一连串骂人的脏话。后来菲科斯换了位置，保证自己能一直用力按压住。其他工人用自己的身体当作屏障，将围观的人群隔在外面，同时也便于竭力地仔细观察手术进程。

“皮革。”希波克拉底命令道。他看了看递给自己的薄皮子，一脸嫌恶，“这是从门帘上掉下来的吗？我用醋冲洗伤口的时候，擦洗一下，把皮子拿下来，在最干净的那一面稍微涂上些蜂蜜。只能这样了。

“现在，我们把绷带做成杯子的形状，将它放在皮革覆盖着的残肢上。[1]蜂蜜可以预防感染，但伤口愈合还会产生大量脓液。之后要把脓液排掉。

“现在我们把伤口包扎好，你知道此时绝不能有疙瘩。我们从这里开始包，这样下一层可以把上一层固定在适当的位置。切口在两侧，在绷带的首尾都涂一点松脂——这里和这里，这样就不会散开了。哦，现在把石座移开。它挡路了。”

1 直到现在，它仍被称为“希波克拉底氏绷带”。

截肢

与大多数古希腊地区一样，古雅典也禁止解剖。因此，多数解剖学知识都是感兴趣的业余爱好者从在战场上剖开的尸体残骸中观察得来的。

虽然人们知道清洁有助于防止感染，但希腊人对感染的原因一无所知，医疗器械也没有消过毒。因此，人们很少给肢体做切除手术，除了上述这类特殊情况之外。通常情况下，无论肢体受损有多严重，都会将残肢保留。一般残肢坏疽会自己脱落，这是最好的结果。有多少人能在这个过程中幸存下来，就不得而知了。

希波克拉底站起身来，弓了弓背，活动一下僵直的身体。他转过头对工头说，这孩子可能一小时内会醒过来，也许醒不过来。在日落前，只能给他一小口水喝。之后，让医生像对待战后受伤的战士那样照料他即可。希波克拉底告诉他们，三天后可以换绷带，直到伤口不再渗出液体为止。如果化脓，要把膝盖上方以外所有腐烂的肉切掉，最终下面的骨头会与膝盖分离。最初的五天要平躺，残肢稍微抬高一些。等到伤口不再出血，肿胀消退，再让他坐起来。

希波克拉底指了指陶瓶，菲科斯把温水浇在希波克拉底血淋淋的手上。他对工人们热情的谢意显得不屑一顾。“当然，你们需要为我同事付出的时间买单。至于我，就当作是我送给这位雅典公民的礼物吧。”（与菲科斯不同，希波克拉底非常富有。对他来说，医学是一种使命，而非一份工作。）

希波克拉底停顿了一下，用亚麻绷带剩下的部分擦了擦胳膊。“我说。”他对工头说，“你还可以帮我们做一件事。我们打扫这里的时候，派个人去集市的糕点摊，就在铸币厂出口附近。在来的路上，我们把蜂蜜苹果糕点弄丢了。能再给我们买两块吗？”

白天的第五个小时

（10：00—11：00）

家庭主妇与情人幽会

来雅典参观的人可能会认为，政府高官的妻子不需要做打水这类卑微的家务劳动。这是因为大多数访客不理解雅典的民主政治。在大多数城市，议员都是出身名门的富有贵族。但在雅典，成为议员只需要是男性，是公民，脉搏尚存。

雅典人轮流承担公民义务，因此，几乎每个男性公民一生中至少都会担任一次公职。立法议会（雅典议会的常设机构）有500个席位，议员每年轮换一次。议员资格不可延续，每人只能履行一次义务。为立法议会服务的是相当重要的人物。这个职位的人常常会被派往诸多委员会，监督城市的日常运转，监督官员，确保拨付海军和公共建筑的资金合理使用。

泰梅尔（Tymale）的丈夫是负责制定外交政策的委员会成员。决议最终会提交议会，经过辩论——如果成功，会经过投票定为法律。因此，尽管他的职业是搞房产生意的中下层阶级，但在雅典政策制定的环节中，泰梅尔的丈夫起着重要作用。当他在履行这项义务时，泰梅尔正在打水。

一个雅典家庭打扫、烹饪、洗涤都需要相当多的水。富人家的院子里有喷泉，普通人的饮用水则由引水入城的公共水房供应。只要是神志正常的人，绝不会从波江（Eridanus）中取水。波江是一条小溪，进入城市后变成宽阔的下水道。直接用河水喂牛都是不合适的。

对于打水这件事，泰梅尔可以分配家里唯一的仆人来做。说实话，虽然提水罐沉得让人难以忍受，泰梅尔也愿意自己来做这件事。毕竟这可以让她走出家门。她的丈夫希望她是体面的女人，世界止步于房子的大门。她最好只是偶尔在宗教节日时出门，或是戴着重重面纱由人护送去其他人家，参加家庭妇女们的社交活动。

幸运的是，家里并没有太多女性劳力，所以泰梅尔不得不外出卖东西、处理垃圾、打水。于是她和仆人弗图伊斯（Photuis）拿着空罐子来到恩尼克罗诺斯泉（Enneacrunos fountain）边。也许是因为喷泉在得墨忒尔神庙下方，这里的圣水总是那么甜美纯净。今天的队伍很短，勉强才排过剧场门口的酒神狄俄尼索斯的雕像。

几代人以前，雅典的暴君庇西特拉图（Psistratos）把到恩尼克罗诺斯泉打水的事变简单了，他把泉水引出了九个独立的出水口。泰梅尔选了一个出水口，趁着打水的机会和同样来打水的朋友们闲聊了起来。

她们的消息反映出“合格的”雅典家庭主妇们视野是多么有限：织布的进度怎么样，另一个怀孕的女孩如何。泰梅尔最近去了集市，她对朋友们讲起看到的各种各样的香水、珠宝和布料，引得大家格外羡慕。

泰梅尔在罐子里撒上新鲜的葡萄叶，她多年来一贯如此，然后平稳熟练地把沉重的罐子举到头上（葡萄藤上的叶子能使水保持凉爽，防止灰尘和砂砾落进水里）。女仆也如法炮制。这个女孩已经基本恢复了健康。几天前，她吃了些很不对胃口的东西。泰梅尔有两次不得不在没有陪伴的情况下独自前往喷泉。

眼下，她们向家走去，泰梅尔说：“弗图伊斯，回家后你把水倒进蓄水池里。我给你些钱去买吃的东西。我需要鸡蛋、奶酪和橄榄。鸡蛋从阿丽希（Alithe）那里买，就是在自家园子里养鸡的女人，她卖得便宜。再去墨涅斯透斯（Menestheus）神庙旁边戴欧芬斯（Diophanes）的小摊上买一块山羊奶酪。我丈夫喜欢这种奶酪。”

女仆苦着一张脸，泰梅尔却视而不见。在这两个地方买东西至少要到吃午饭时才能回来，其他的工作也会耽误。但泰梅尔没有表现出同情。在接下来的两个小时里，丈夫在议会，仆人去城市另一边，泰梅尔可以自己待在家里了。或许不是。如果那英俊的年轻人说的是真的，她就有伴了。真是好极了，一个私通的对象。

她好奇他是谁，举止随便且散发魅力的金发青年。毫无疑问，他肯定很有钱，他的长袍束腰相当精致，下摆上绣着小小的金色蚱蜢。她从喷泉回来的时候，他单独在小巷里接近了她，真是厚颜无耻。

雅典妇女红陶塑像

换作其他女人可能会尖叫起来，也许不会。正如雅典人所说，作为女性最大的光荣就是尽可能不被男人评论，无论那是赞扬还是批评。泰梅尔不仅没有尖叫，还对这个陌生人的求爱做出了热情的回应。这是近年来发生的最令人兴奋的事了，泰梅尔太无聊了。

像许多雅典女孩一样，她在十五岁时嫁给了一个年龄是她两倍的男人。作为丈夫，她可以说他是个好人。因为泰梅尔的家族与贵族菲莱迪（Philaidae）家族有远亲关系，丈夫接受了她嫁妆比较少的现实，这对想嫁掉第三个女儿的家庭来说很重要。

泰梅尔和丈夫同床共枕，毫无激情可言。经过三年的尝试，她依然没有怀孕，显然这将是一个缓慢而不确定的过程。泰梅尔确实想要个孩子。她承认，其中有一部分原因是她寄希望于抚养女儿能给自己找点事做，而不是整天没完没了地织布、做饭、做家务，只有闷闷不乐的弗图伊斯相伴。

丈夫一般很晚才回家，常常是在天黑之后，回家后沉默地吃饭，然后上床睡觉。泰梅尔肯定丈夫有情妇，而且是年龄和他相仿的人，是个能和他聊天、陪伴他的人。但他从不打她，而且给的家用钱也不少，所以泰梅尔认为自己可以说很幸运了。除了她自己觉不出来之外。

现在，有人对她感兴趣了，这肆意妄为的想法让她不禁战栗起来，有人对她的身体感兴趣。在她还未结婚的时候，大家都说她很漂亮，可是在遇到这个金发陌生人之前，她还从没有想过会有人厚颜无耻地对已婚女人说这样的话。

她满怀期待地向街道上张望。街上没有人。她居住在利姆奈区（Limnai），街道狭窄而蜿蜒，于是泰梅尔安慰自己，陌生人可能正潜伏在视线之外。她不耐烦地等待着，看着弗图伊斯打开沉重的大门走进小院。

她想象着陌生人看到院子的样子，皱起了眉头。院子的一角有个小神龛，里面的花已经枯萎，另一个角落堆着一撮被苍蝇覆盖的泥土，她的丈夫最近在那里供奉了一头山羊（山羊肉又硬又难嚼）。巨大的双耳罐在屋檐下接雨水，家庭用具基本都挂在另一面墙上。

唯一的绿色植物来自楼上荫凉的阳台，泰梅尔种了些顺着墙攀缘的藤蔓。这些藤蔓长得旁逸斜出，这是因为泰梅尔习惯在打理花园时不做防护。她的丈夫因此反复责怪她，说晒黑皮肤看起来像个妓女。因此，只要泰梅尔在户外打理藤蔓几分钟，弗图伊斯就会告她的状。

走进屋子，左边比较宽敞，有两张沙发和一张又长又矮的桌子。那是她丈夫偶尔在接待客人的时候用餐的地方。一般他们都在小房间里吃饭，这里同样也是厨房。泰梅尔走上一段狭窄的台阶，他们的卧室在左边，旁边有一扇木头门，是大大的单人房的标志。这间房子叫作“Gynaikeion”，即女人住所。

房间里有一扇照向阳台的大窗户，因此光线很充足。屋里放着一台巨大的直立织布机，在弗图伊斯的帮助下，泰梅尔每天大部分时间都在织布。角落里放着一大堆未经处理的羊毛，等着弗图伊斯把它们泡在浴盆里（家里又一处用水的地方）。然后，她会把毛线梳理好，最终形成一个大球，泰梅尔会用它织出美丽的斗篷。现在地板上堆着一团羊毛线，因为织错了好几层，泰梅尔不得不拆掉重来。

泰梅尔捡起一个扔在地上的纺锤。雅典人还没有发明出纺车，所以要把一个圆形的黏土重物固定在短木杆的底部来纺线。把生羊毛绑在重物上，依靠旋转，让重物把羊毛拉伸成线缠绕在纺锤上。羊毛纺得好需要靠练习，泰梅尔已经练习了多年。现在她熟练地转动手腕来旋转轮子，同时眼睛一直盯着院子的大门。

“是神把这个念头吹进了我的心里，让我在大厅里架起巨大的织布机，开始织一件长袍。我织的是最好的羊毛，织得很宽。等一切准备好的时候，我会立刻开口：‘向我求爱的年轻人，请耐心等待。’[1] 我应该耐心点吗，珀涅罗珀（Penelope）[2]？”

一个温柔的声音落进泰梅尔的耳朵里。她跳起来转身，丝毫没有注意到纺锤落在地板上。金发的陌生人就在她身后微笑着。“哦！你是怎么进来的？”

---

1 Homer, *Odyssey* 19, 138.

2 珀涅罗珀：荷马史诗《奥德赛》中奥德修斯的妻子。她在丈夫远征特洛伊失踪后，拒绝了所有求婚者，一直等待丈夫归来，忠贞不渝。她的事迹成为后世训诫妇女的教科书。——译者注陌生人咧嘴一笑。“从后巷爬上后墙越过屋顶，然后跳到阳台上。我在这里等了很久，等着你。”

除了丈夫，泰梅尔从未如此接近过男人。即便在冬天，她的丈夫也总是有一股微微酸臭的汗味。但是这个男人散发着深沉的、乳白色的檀香味，他胸部和腹部的肌肉在她探索的手下显得坚实而清晰。泰梅尔觉得自己就像传说中的克吕泰涅斯特拉（Clytemnestra）背叛丈夫阿伽门农（Agamemnon）一样邪恶，但这感觉真好。

“来吧。”她催促道，“我们没有那么多时间了。”

陌生人揶揄道：“你丈夫怎么办？如果他跑回来当场抓住我们，法律是允许他当场把我杀掉的。”

一想到连一盘豆子都打不过的年迈丈夫，泰梅尔咯咯地笑起来。和这个肌肉发达的年轻人打架，她的丈夫一点机会都没有。

“你还是担心萝卜吧。”她笑着说。

雅典对奸夫有一种传统的惩罚方式——教养良好的泰梅尔自然是从来没见过的——把奸夫拖到集市上，用热灰烫掉他的睾丸。然后用萝卜施行鸡奸，人们称这种刑罚为“rhaphanidosis”。对于受害者而言，这种刑罚极为痛苦，而且会造成永久性伤害。

如果有人听了你的话，叫人家在屁眼里插进了一根

萝卜，拔去阴毛，再用热灰撒上，你怎能够说他不是兔崽子呢？

阿里斯托芬《云》1083—1104[1]

勾引比强奸更糟糕。

吕西亚斯（Lysias）《论埃拉托色尼的谋杀》（*On the Murder of Eratosthenes*）[2]

然而，陌生人并没有退缩。这让泰梅尔又对他高看了一眼。他熟练地脱去她的长袍，这倒没有让人感到非常惊讶。他看起来经验很丰富。不管怎样，这是她最漂亮的衣服。她特意选了这条裙子，可不想让它皱皱巴巴地堆在木地板上。于是她用钩子把裙子挂在了织布机的机架上，裙摆轻轻垂落在地板上。然后她回过头来，满怀期待地等待着。

雅典法学家们认为，勾引的罪行比强奸更重。强奸带来的伤害会逐渐消失，但勾引会导致女性永远离开自己的丈夫。

---

1 罗念生译。——译者注

2 这其实不是一句引语，而是对一段显然较长的文字的五个单词总结（Seduction is worse than rape）。谋杀了埃拉托色尼的尤菲利托斯正试图向陪审团为自己的行为辩解。尤菲利托斯声称，埃拉托色尼与自己的妻子有染，自己在法律允许的情况下，先抓了二人的现行，才杀掉埃拉托色尼。埃拉托色尼的家人声称这是个谎言，目的是掩盖蓄意谋杀。试图将通奸说得比强奸严重，对尤菲利托斯是有实际好处的，因为他辩称“我在惩罚通奸者”。

当然，这些雅典的法学家都是男性。他们不太可能亲身感受强奸带来的创伤，却往往要面对不忠诚的妻子带来的困扰。

从法律上讲，雅典已婚的男性可以召妓，也可以与他喜欢的人保持长期关系，只要对方不是雅典有教养的女性即可。但是，如果雅典女性亲吻的男性不是自己的丈夫，即便她没有结婚，也犯了“通奸”罪。按这个标准，泰梅尔正在犯的就是通奸罪。所以她选好了位置，可以方便地看到所有穿过大门走进院子的人。

妓女用来寻欢作乐，妾室用来满足欲望，妻子用来结婚生子。

德摩斯梯尼（Demosthenes）对女性的分类

事后，她把带香味的水哗地倒进碗里，这样他们可以洗一洗，把自己整理干净。她的情人依然老练而迅速。在泰梅尔拿起自己的长袍之前，他已经穿好衣服准备走了。他最后环顾了一下房间，看看有没有不小心落下什么东西，无视了泰梅尔，随后快步走向阳台。

当他把自己挂在椽子上的时候，泰梅尔问道：“我还会再见到你吗？”她也不知道自己想听到怎样的答案。陌生人荡了下来，她注意到他黝黑隆起的肱二头肌。他笑得像天使一样。

“不。”他说，然后走了。

8.9 希帕瑞特（Hipparete）是个彬彬有礼、温柔体贴的妻子。但她的丈夫（亚西比德）却与异国和雅典的情人们厮混在一起，这令她深感不安。她决定离开他，搬到自己哥哥那里去。但亚西比德依然死性不改，继续自己放荡的生活。最后，她只能向地方法官提出离婚申请。

23.7（斯巴达）国王阿吉斯（Agis）出征时，亚西比德引诱了他的妻子蒂玛亚（Timaea）。她怀孕了，也不否认孩子的生父是谁。男孩出生后，在公众场合，她称他为李奥特契德（Leotychides）。但私下里，母亲对朋友和仆人悄悄说，要叫他“亚西比德”。

39.5 亚西比德是自取灭亡的。他勾引了一个名门出身的女孩，并且让她搬出去和自己同住。女孩的兄弟们被这样的侮辱激怒了，有一天晚上，他们放火烧了他的房子。等到他冲出门后，他们把他杀掉了。

普鲁塔克《亚西比德传》（*Life of Alcibiades*）摘录

白天的第六个小时

（11：00—12：00）

骑兵检阅手下

骑兵指挥官看着眼前这十个年轻的骑兵，努力想安慰自己往好处想。但实际上，这些年轻人根本还称不上骑兵。没有多少训练时间了。他突然很后悔自己做的事。一个月前，他向军事财政委员会建议，是时候给雅典再增加一支骑兵部队了。

骑兵在雅典备受推崇。在刚结束的战争中，斯巴达人蹂躏了阿提卡的土地，雅典的民兵被城墙挡在外面（正规军此时正在色雷斯作战）。这让他们免于被斯巴达重装步兵屠杀。但由于城墙的阻挡，当农田和果园被毁的时候，人们也很难看到军队的身影。

但是在每个被围困的早晨，骑兵竭尽所能地冲锋陷阵，进行小规模突袭和伏击，相当于马背上的游击战。这样做是可行的，虽然斯巴达人拥有已知世界上最好的步兵，但他们的骑兵水平相当一般。即便没有来自斯基泰的骑射手和来自塞萨利（Thessaly）的骑兵盟友，雅典的马匹也足以与斯巴达的骑兵相抗衡（塞萨利拥有希腊最好的骑兵，这就是为什么雅典骑兵总是配有塞萨利的装备）。

这是一支为了弥补减员而新组建的骑兵，减员可能是出于年龄、疾病，或是其他原因（比如贫穷——虽然国家补贴了骑兵的费用，但大部分花销还是要骑兵自己承担。他至少要为两匹马准备食物和马厩，这是相当昂贵的，此外还有车夫的费用）。

雅典有 200 名骑射手和 1 000 名骑兵。这些人由两名骑兵司令（hipparchi）指挥，每名司令手下有五个菲莱（phyle）。每个菲莱手下有十个菲拉奇（phylarch）——骑兵指挥官就是其中之一——菲拉奇指挥着十人一组的骑兵中队。

根据法律规定，一旦获得议会许可，指挥官就可以从那些财富条件和身体素质最好的人中招募新兵。总的来说，招募新兵需要靠劝说而非指令。实际上，多数在法院豁免服役的人都是在指挥官的呼吁下豁免的。如果一个人不适合服役，那么最好由公正的法院做出裁决，以免有人怀疑在其中收取贿赂。

应召入伍的骑兵年纪都不大，所以要说服他们的父母和监护人。“你看，你儿子有成为出色骑手的潜质。反正无论如何你也要为骑兵缴税，干吗不让你的儿子也骑马呢？他有了马匹，你也不需要再给他买马了。另外，你还省去了请骑术教练的钱，我就是干这个的。”

骑士阶层

雅典骑兵既是指军事单位，也是社会阶层。这个阶层对雅典式民主抱有深深的怀疑，其中很多人怀念“过去的好日子”，那时国家由贵族统治，农民也很有自知之明。

在伯罗奔尼撒战争中战败后，斯巴达征服者在城市中建立了寡头政治，骑士抓住了机会。统治最终演变成专制。公元前404年，骑士阶层变得越发不受欢迎，并最终在一场人民革命中被推翻，骑兵们往日的荣光自此彻底消失。

就这样，经过一番恭维和斡旋，指挥官终于凑齐了自己的骑兵队。现在，他要让这些新兵为大游行做好准备。等到节日来临的时候，公众很期待看到骑兵的表演。在酒神节的大游行中，骑兵指挥官要展示他在训练队伍和马匹并肩作战中付出的辛劳和汗水。市民的认可和赞许就是他的回报。

年轻的骑手们在他面前歪歪扭扭地排成一条线。左边，年轻的卡利特瑞特（Callicrates）腿太僵了，如果撞上什么硬东西，肯定会折断骨头。米斯提尼（Mysthenes）把缰绳拉得太高太紧，如果马突然低头，他会被扯下来。另一边，色诺芬像坐椅子一样坐在马上。这对普通人来说没什么，但骑兵需要大腿用力支撑住自己。这样一来，骑兵才能在使用剑攻击，或是投掷标枪的时候，不会掉下马来。指挥官尽全力把叹息憋了回去。

他指着赫尔墨斯的雕像。“你们看——这是酒神节庆典的起始点（那是一根赫尔墨斯的人形石柱，柱子的顶部是一尊他的半身像。柱子大部分都是光滑的石头，只在石像腹股沟的地方雕刻了一根阴茎，显眼地呈勃起状。有些人离开庆典时会把花环挂在上面。这里有足够的挂花环的空间，这样的赫尔墨斯石柱在着色柱廊和皇家柱廊之间码放了两排）。

“听好，当表演戏剧的合唱团在十二位神灵的祭坛上表演宗教舞蹈时，我们就上马，绕着广场骑行，向沿路的神龛和雕像致敬。”

“骑完一圈之后，我们要以最快的速度去往伊路西乌姆（Eleusium）。”他指着向远方卫城西边的山脚下延伸而去的平原，“我们组团走，一百人一批。就像在战斗中，你的前后都会有老兵方阵，站好自己的位置就行。大家会分成两列，每列五百人，前往吕克昂参加游行。

“这些都不用担心——都很简单，你们要做的就是在飞驰的过程中坐稳了。接下来，我们先要学习跃身上马。之后我们去运动场练习掷标枪。跃身上马和投掷标枪是你们最有可能失误丢人的环节。”

“下马！准备接受检查！”

指挥官并不觉得能从装备上看出什么名堂——毕竟这些人是雅典富豪们的儿子，配备的是最好的装备。装备并不统一，因为大家没有标准的骑兵制服。十个人中有六个人戴着皮奥夏式头盔，这让指挥官非常高兴。这种头盔是将近期一种流行的布帽做成了金属帽，既能够防晒，也能够防御袭击。这种帽子在各个角度都不妨碍视线（对于长期暴露在户外的骑兵来说至关重要），而且也不会阻碍佩戴者听到指令。

剩下的人佩戴的是弗里吉亚式头盔（Phrygian helmet）。这种头盔有很多样式，没有一对是完全一样的。它总体的设计原则是，高耸倾斜的头盔顶可以抵挡住砍向肩部的攻击。士兵们穿着亚麻胸甲（linothorax）。指挥官很喜欢，因为它轻薄、灵活。物如其名，亚麻胸甲是亚麻制成的护胸，层层编织黏合在一起。与青铜胸甲相比，它更加凉爽，这是很重要的一点。骑兵作战的时间非常有限，大部分时间只是在希腊酷热的阳光下骑行。

几乎所有人都配有砍刀（kopis），这也很正常。毕竟这些新兵的父亲本身就是骑兵，知道什么武器最好用。唯一不同的是小阿波罗达特斯（Apollodatus），他佩戴的是一柄短剑。指挥官抽出自己的内弧砍刀做示范，并向新兵委婉地提出建议：“把短剑换掉。马背上需要的是砍刀，不是剑。”

他向空中挥出一记反手的示范动作，新兵们全部向后仰。大家不安地意识到，在未来的几年里，他们会与这些刀片有更亲密的接触，而且至少有两到三个人会消失在刀刃之下。

这些年轻人属于男青年（ephebes）年龄组。几个月前，他们在阿尔忒弥斯神庙一起庄严宣誓。他们永远不会丢弃自己的武器和同伴，他们将保卫雅典至最后一口气，他们毕生将致力于将雅典变为更好的地方。现在他们开始为参战而接受训练，战争是所有身体健全的希腊男性生活中的常规内容。

这些十八岁的青年还处在训练的初级阶段，赶不上雅典出征西西里的脚步。这支部队（毫无疑问让母亲们松了一口气）将并入阿提卡城镇或堡垒的驻军，在那里观察和模仿即将达到退役年龄的老骑兵，接受进一步训练。两年后，这些年轻人会成为真正的男子汉，担负起雅典公民所有的责任和权利。

眼下，新兵们既骄傲又紧张，在集市路人的注视下感到非常尴尬。

"不要理会他们。"指挥官说，"但要记住他们就在这里。作为骑兵，你们是雅典的骄傲。要配得上这份荣誉。"

"色诺芬——上马。"

这个年轻的骑兵下半张脸布满了胡楂和粉刺（目前似乎是粉刺占据了优势），他伸手去牵马的缰绳。马匹喷着气走开，直到看到色诺芬从盔甲下面掏出一根胡萝卜。

“很好。”指挥官表达了肯定，“你要让它学会等你骑上去。给它一点好吃的是训练的好办法。好，继续，上马了。不要找垫脚的东西，用矛撑住跃身上马。”

色诺芬的矛就在一旁，枪托上的矛头扎在泥土里。这种矛叫作绪斯同骑枪（xyston），几乎是色诺芬身高的两倍。这是骑兵的主要武器，用来当作标枪、长矛或刺矛。此外，它还有一个用途，也就是眼下用的——撑杆。

“各位，跃身上马这个动作拯救了无数骑兵的生命。你们已经看到了。站在马的后面，然后，迈三步，这样……”指挥官向前跑去，一把抓住矛偏上的部分，身体一扭抬起一条腿。只听砰的一声，他落在马背上，手腕灵巧一转，就把矛从地上拔了起来，随后把矛架在马的两耳之间。

跃身上马可以让骑兵在不到五秒的时间内从普通行人变成准备战斗的机器。比如，一支科林斯骑兵中队如果突然出现在骑兵营地上方的山脊上，每个人都要立刻上马发起反冲锋。否则，敌人的骑兵杀了下来，大家就只能四散奔逃着找上马的垫脚石，或是指望别人搭一把。

而且，希腊的战马没有马镫，战斗中从马上掉下来的情况也并不罕见。如果马训练有素，它会等着骑手回来，但如果骑手不能跑着跳到马背上，那么他很可能会永远失去回到马背上的机会。

雅典神庙饰带浮雕上的骑兵

这些小色诺芬都知道。他已经在父亲农场的畜栏里练了很久。但在这里，在这露天集市上，在一队同伴和半个世界的注视之下上马又是另一回事。他小心地转了转剑带，快走三步，将矛往下一插腾空跃起。矛尖一下戳在地上一块石头上打了滑。色诺芬在空中飞了足有两英尺，掉下来的时候胳膊、腿和武器搅在一起。整支队伍都看着他，拼命维持着脸上的表情。

好在指挥官是个就事论事的人，这点很重要。“你还不熟悉地形。马厩里是松软的土地面。但这里的地面很硬。快，谁把他先扶起来。要先把矛插到地里，然后再撑着跳起来，抓高一点，让自己荡到马背上。还有谁想试试吗？好，米斯提尼，你来试试。”

色诺芬

没有人知道色诺芬确切的出生日期，但在公元前416年时，他肯定已经是个青少年了。他的父亲很富有，而且曾是一名骑兵，这使得色诺芬第一天的骑兵生涯就像这里描述的一样。

因为应召参加了波斯篡位者颠覆国王的雇佣兵团，色诺芬出了名。这次颠覆行动失败了，色诺芬和其他10000名希腊人被困在了现今的伊拉克境内。希腊的领袖出面参加和平谈判，却因对方的背信弃义惨遭杀害，因此色诺芬替补上位。经过一番艰难险阻，希腊人穿越复杂的地形到达了黑海沿岸，这是一次史诗般的旅程，今天人们称之为“万人长征”。

后来色诺芬从雅典流亡到斯巴达（他非常钦佩斯巴达人），将这些连同其他事件写了下来。色诺芬关于伯罗奔尼撒战争后的斯巴达历史不偏不倚地保存于一本名为《希腊史》的书中。

米斯提尼是个宽肩膀、相当自信的年轻人，不需要人二次催促。他向前走了三步，向着马所在的上方凌空荡起。只见马向后瞟了一眼，下定决心从此事中抽身。于是它向旁边跨了一步，米斯提尼后背向下重重地摔了下来，头盔砰的一

声磕在了地上。围观群众立刻响起了欢呼和掌声，他们发现这里有免费的乐子可看。

指挥官怒视围观群众，继续自己的指导。“准备上马时要注意马的反应。很多马察觉到要开始干活儿会临阵脱逃。你要训练它，让它等着你上马。否则到了紧要关头，不听话的马就是叛徒。色诺芬，你来做示范，我们慢一点。”

“首先，在你确定马准备好之前，左手一定要牵住缰绳。缰绳的另一端要拴在马的下巴扣带或鼻带上。放松一点，就像这样。上马的手不要猛扯马头，但让它始终正视前方，这样它就不会再玩侧跨一步的把戏了。”

“等你跳起来的时候，左手一拉可以让自己腾空得更高。膝盖不要弯曲，也不要碰马背，这样把腿伸过去。脚要放在这里，落下时臀部收紧，否则可能会受伤。接下来，我们还要练习从马后面上去。谁也不知道什么时候会用得到。”

“现在，让我们休息一下吃个午饭，让这些无所事事的围观农民们自己找点事去做吧。”

骑兵指挥官和马术

本章中大部分内容出自我们结识的一位2400年前的年轻人之手——色诺芬。他写这部分的时候年纪更大了，也更有智慧了，其中描述了在他还是“男青年”时接受的指导。

招募训练、盔甲和武器都来源于色诺芬的真实描述。他还描述了酒神节大游行的场景，内容比这里展示出来的更加详尽。

跃身上马的技巧也是逐字句地摘录自色诺芬的记载，但转述者在其中亦有补充，且后者在探寻的过程中吃了不少苦头。

白天的第七个小时

（12：00—13：00）

议员的午休时刻

经过一上午的紧张工作，议会成员们终于有机会伸伸腿，活动一下筋骨，相互打听最近的进展。尼里奇乌斯（Nericius）本打算在下午开会前溜出去和情妇吃个午饭，但计划泡汤了。议员们打算吃一顿工作午餐，尼里奇乌斯不得不留下来和恐怖的克里提亚斯（Critias）坐在了一起。

尼里奇乌斯不做议员的时候，负责照看附近优卑亚岛上菲莱迪家族的大片牧场。这个家族中的许多人都与大贵族克里提亚斯十分交好（克里提亚斯的祖先是雅典伟大立法者梭伦的密友，这件事他绝不会让任何人忘记）。因此，尼里奇乌斯只能挂着一脸假笑，装作听懂了克里提亚斯在高谈阔论中引用各种晦涩的文学作品，而实际心里恨不得把鸡蛋生菜沙拉糊在他脸上。

“我很高兴看到你对远征西西里的计划持保守态度。”克里提亚斯坐到尼里奇乌斯旁边的长凳上说，“这是一件好事，无论是通过抽签还是选举，每个人都有权利担任公职。但你之所以有意见，是因为这件事是亚西比德主导的吗？毕竟他有资格做这件事。”

他身为议会一员，宣读了议员誓言。他将以此为约束，依照法律发表意见。

色诺芬《回忆苏格拉底》(*memorabilia*) 1.1.18

尼里奇乌斯嘴里塞满了沙拉无法回答。不过克里提亚斯也只是自说自话而已。“我的意思是，普通人一般不会要求成为将军或是拥有骑兵指挥权。这些事关国家安全的工作，需要妥善对待。一般来说，你们这些人更喜欢有利可图的职位，不是吗？”

尼里奇乌斯注意到了“你们这些人”，狠狠咬了一口生菜。他咽了咽唾沫，彬彬有礼地说：“这座城市的脊梁就是‘这些人’——划桨的、掌舵的、造船的，以及哨兵。他们是城市力量的源泉，比贵族更重要，甚至比重装步兵阶层更重要，所以我认为让他们参与决策一点也不过分。”尼里奇乌斯本人就是重装步兵阶层中的一员，但他没有点明。

还好他们坐在圆形建筑（Tholos）外面，这有助于尼里奇乌斯控制自己的脾气，圆形建筑是议事厅（Bouleuterion）旁边行政楼的组成部分，上午的辩论会就在这里举行。长凳靠在建筑墙边，可以看到集市的全貌。尼里奇乌斯本可以在屋里吃，圆形建筑里有吃饭的餐桌，但这里能闻到从海上吹来的微风气息，风吹散了早晨的云朵，给城市中弥漫的臭味吹来了盐和海藻的味道。阳光明媚，空气清新，集市的热闹喧嚣吸引了习惯乡村悠闲生活节奏的人。一切景象都令人十分满意，只有克里提亚斯在这里煞风景。

“这就是游客们觉得最不寻常的地方。在雅典，阶层最低的穷人会得到更多东西。这就是为什么世界上其他国家站在顶点上的人都反对民主。和我们这些贵族在一起，你得到的奢华和不公义会降至最低，但你会得到最大程度的精心照料，能够做正确的事。和公众在一起，你只能得到无尽的愚蠢、混乱和邪恶。贫穷使他们未开化且无知。”

今天早晨，克里提亚斯关于远征西西里的提议遭到了猛烈的批评，这显然刺激了他。“所以你的意思是不应该让每个人都有权利在议会任职，或是在议会中不应当平等履职是吗？”尼里奇乌斯尽量让自己的语气温和一些。他分给克里提亚斯一些奶酪，希望用食物换取一刻宁静。但这一招也失败了。克里提亚斯演说的情绪格外高昂。

“哦，让人群中的败类也出来说话可真是个好主意啊！”

他讽刺道，“无论什么人都能站出来索取自己的利益，他的支持者清楚得很，凭借着粗鲁、自私和无知能获得远大于从美德和智慧中获得的益处。我不明白，尼里奇乌斯，他们都说你是个好人，为什么你要站在他们那一边。难道你不想这个城市拥有一个好政府吗？”

“好政府就要把普通人当成奴隶吗？如果人们发现政府属于他们，那么无论它再坏，人们都是乐意的。我发现有些贵族式的利他主义者似乎很擅长提出有利于自己的法律。一旦这样的法律生效，我们这样的‘疯子’就会被剥夺参加议会和发表演说的权利，最终平民百姓只能屈服。”尼里奇乌斯对这一番慷慨陈词很是骄傲。“使公民屈服”是人们在讨论时常用的一种说法。“你所谓的坏政府正是人民力量和自由的源泉。”

克里提亚斯

克里提亚斯是柏拉图的叔祖父，也是苏格拉底的朋友，正是这段友谊使苏格拉底被判刑并走上了死刑刑场。

克里提亚斯是个不讨喜的人，而且是个危险人物。公元前 413 年，与斯巴达这场期待已久的战争重新打响后，雅典被彻底击败。攻城略地的斯巴达人建立了一个贵族政府，取代了民主政体。克里提亚斯掌权后最终失败了。在这段恐怖统治时期，约有1500人受到处决，他的政府成为残暴和腐朽的代名词。当叛乱者推翻他的暴政后，克里提亚斯是第一批被杀的人之一。

克里提亚斯用一种阴沉、敌视的眼神看着他，一边咬着奶酪一边思考着他的话。尼里奇乌斯意识到他讲的都是自己真实的感受，并不是外交辞令。

毕竟，他认为远征西西里是件有意义的事。雅典目前并未与斯巴达或波斯交战，但在斯巴达眼中，将雅典纳入版图的大业尚未完成。如果雅典能将西西里纳入自己麾下，国家将会更加强大。但当军队来到西西里后，发现斯巴达人也在这里。站在雅典卫城上，人们可以看到帕尔农山（Mount Parnon），而斯巴达人在自己的高处的卫城上向东望去也能看到这座山。两座城市就是如此靠近。

那么问题来了，雅典人和斯巴达人能相互信任吗？几年前，雅典人在曼提尼亚（Mantinea）与斯巴达的敌人并肩作战时撕毁了与斯巴达的和约。如今，雅典组建了希腊有史以来最大的突袭舰队。从斯巴达人的角度来看，他们一定是在思考要怎样阻止舰队在皮洛斯（Pylos）登陆，并且将美塞尼亚（Messenia）从自己手中夺走。上次交战时，雅典差点就成功了，这次凭什么不会得逞呢？

这就是早晨议会讨论的问题。克里提亚斯和自己亲斯巴达的朋友从斯巴达元老会议（Gerousia）的线人那里收到消息，他们很担心远征西西里会成为雅典偷袭的托词。

“我们去找他们吧。”尼里奇乌斯觉得这是个结束对话的机会。“我们去找德谟克利特，他是议员里和尼西阿斯走得最近的人。也许德谟克利特可以告诉我们，资深政治家有没有解决这一难题的办法。毕竟，五年前是尼西阿斯出面和斯巴达人和平谈判的。”

克里提亚斯站了起来，一下和前来收盘子的奴隶狠狠撞在了一起。克里提亚斯踉跄地坐了回来，死盯着镇定自若的奴隶，奴隶平静地收走了尼里奇乌斯的盘子，也把克里提亚斯几乎没动的食物收走了。克里提亚斯愤怒地看着食物从眼前消失了。

但奴隶知道，下午议会的号角声就要响起来了，他马上就要接到收拾盘子的命令，这样议会成员们才能有条不紊地到场。所以他无视了克里提亚斯的目光平静地走开，这让议员大为光火。

尼里奇乌斯认识这个奴隶。他是皮奥夏人，来自一个他曾管理过的位于基斯利安（Cytherean）山脉旁的庄园。他的父亲和叔叔都死于战乱，他本人被抓了起来，家人付不起赎金。尽管如此，这个男孩适应了城市生活。即便看到他重获自由后仍然留在了雅典，尼里奇乌斯也不会感到奇怪。

“应该拿鞭子抽他。”克里提亚斯咆哮道，“雅典的奴隶和外邦人已经不受控制了，很多人都是这样。你不能打他们，他们甚至和你不站在一边。我告诉你，现在的雅典，我们是奴隶的奴隶。在我家里……”

所以一般来说，像这位年轻的皮奥夏人一样的战俘是不会在私人家庭里做事的。虽然严格来说，没有放逐的战俘就是奴隶，但如果此人属于重装步兵阶层，给他安排的工作就不会特别繁重。这份战争带来的幸运使得俘虏们发现自己开始不情愿地享受起敌对城市对自己的照顾。人们对这些犯人的态度相当温和，他们经常在城市管理部门中从事一些无报酬的工作。

重装步兵的盾牌是极其个性化的，诉说了很多盾牌背后战士的故事

有些地位比较低的囚犯是熟练的工匠，这些人可以购置或设立工坊。这样一来，奴隶们就像其他工匠一样工作，只不过主人会每周来一次，拿走大笔的收入。一般来说，作为额外的激励，一旦工匠付清了预先设定好的赎金，他就自由了。这样通过分期付款的方式购买自由让一些人觉得很不自在。这样的奴隶反而比其他奴隶更容易被人摆布。

克里提亚斯抱怨道："当你的城市里满是有钱的奴隶，他们就不会再害怕奴隶主，而后者也就无利可图。在斯巴达，我的奴隶会害怕你。但在雅典，如果奴隶害怕自由人，那也是因为自由人可以向富有的奴隶勒索钱财。斯巴达就不会出现这种问题，因为大家都是穷人。但在这里，如果你不是他的主人，他就会觉得自己和你是平等的。外邦人也是一样。这是社会系统里的毒瘤。"（雅典和其他希腊城市不同，奴隶可以很富有。所以他们需要受到保护，免遭敲诈勒索、抢劫和人身攻击，防止自由人随便拿走奴隶的钱。奴隶们很清楚，只有他们的主人才能伤害他们，因此奴隶们不会对别人表现得特别顺从——比如怒气冲冲的克里提亚斯。）

尼里奇乌斯刚来到这座城市的时候，也对人们对待奴隶如此随意感到吃惊。乡下的奴隶更有礼貌。但是奴隶和奴隶也有不同。在他看来，庄园里的色雷斯人和伊利斯人比家畜也好不了多少。奴隶们的监工是马其顿人，是另一个阶层的人，二者远不能相提并论。另一方面，在这里工作的年轻的皮奥夏奴隶甚至结交了自由人身份的朋友，工作结束后可以相约在酒馆消磨时光。

“我不会当着外邦人的面说外邦人和奴隶一样。”尼里奇乌斯说，“外邦人对这件事比较敏感。对这种傲慢无礼的看法，对方可能会挥拳把你的鼻子打扁。”

“还能侥幸逃脱。”克里提亚斯尖刻地反驳道，“在法庭上，他们剥夺了贵族的权利，罚他们，流放他们，处决他们。现在的陪审团完全是为了保护下层阶级的利益而存在的。他们关心的不是正义，而是自己的利益。”

二人走进大厅，光线的变化让他们一瞬间看不清东西。在他们短暂失明的间隙，议员们匆匆开始和旁边的人交谈起来，或是马上开始吃东西，仿佛怕盘子被收走一样。尼里奇乌斯一下就明白克里提亚斯为什么要走到外面去找自己聊天了。如果他不走出门去，只能独自站在屋里吃饭。

尼里奇乌斯也有意赶紧离开克里提亚斯。“我们还是进去吧。”他殷切地说道，“下午的会是安多西德（Andocides）主持，他对迟到的人很不留情面。”

在上述各种职司之外，还有一个超乎其他诸职司之上的职司。这一职司执掌着全邦所有各项政务，在许多城邦中，各项政务就由他们［向公民大会］动议，并且也由他们取得决议而交付实施。有些城邦，平民

群众直接裁断一切政务，那么这些官员就在实际上成为公民大会的领导（主持机构）；公民们固然握有全邦最高的权力，但必须有人为之召集。这一职司的官员，在有些城邦中，由于他们“预审议案”并主持会议，便称为议事预审官……[1]

亚里士多德《政治学》6.1322b

议会主席每天都不相同，这是为了防止某一派系占据优势。主席随身携带国库和档案库的钥匙。主席每日一选，这就让那些蓄意破坏或是企图政变的人很难拿到这些关键的钥匙，因为没人知道夜幕降临时钥匙在谁手里。在一年的时间中，三分之二的议员都会担任主席。

下午的会议很忙。明天的议程要起草公布出来（人们都想知道这个城市的行政人员在做什么），委员会要把即将到来的酒神节详细方案确定下来。最重要的是，他们必须将西西里岛远征队的资金来源讨论清楚，这样雅典议会才能接受议案，或是将其退回修改。

尼里奇乌斯知道克里提亚斯才不在乎会不会一直耗到天黑。今天他是十七人中的一员。这十七个人是一个轮值的议

1《政治学》：（古希腊）亚里士多德著，吴寿彭译，商务印书馆，1983 年第 1 版。——译者注

员小组，他们会在这里继续工作八个小时，再由另一班人替换他们值守最后的八小时。主席要值守整整二十四小时。雅典以这种方式保持政府持续运转。迟到的大使和信使们知道应该去哪里汇报紧急消息，即便在深夜发生火灾或严重的内乱，也有人立刻发出指令。如果说今晚会出什么紧急状况，尼里奇乌斯发自内心地相信，无论克里提亚斯想做什么，都会被另外十六名当值议员投票否决。

尼里奇乌斯希望会议能够早点结束。这样他就能赶去科罗诺斯山（Colonus）南坡的那座小房子里，他的女人正端着冰镇的酒在等着他。太阳落山时，他们会站在阳台上喝着酒，看着宁芙山（Hill of the Nymphs）的影子缓缓爬过梅利特区（Melite）的屋顶。这个女人是来自希俄斯岛（Chios）的外邦人，如果尼里奇乌斯告诉她克里提亚斯说她不过是个奴隶，她一定会暴跳如雷。

他最后会穿过逐渐阴暗下来的街道，回到位于利姆奈区的家中，回到他那脾气暴躁的小妻子泰梅尔身边。泰梅尔的社交能力，和她的厨艺、编织工艺以及床上功夫一样糟糕。这就是一个受人尊敬的已婚男人要付出的代价。

老寡头（The Old Oligarch）

这一章同样是对一段雅典文字进行的重新加工。文中的观点是从据称是“老寡头”（或称伪色诺芬）的一篇激昂演说文中逐字摘录的。然而，考虑到克里提亚斯著名的观点以及文学方面的抱负，如果说他就是老寡头本人，也绝不会让人感到奇怪。

还有一种相反的观点认为，这段内容实际是亲民主的，因为其中包含了一些有力的反驳段落。我把这些内容通过尼里奇乌斯的嘴说了出来。

白天的第八个小时
（13：00—14：00）

女奴忧心忡忡

阿索亚（Athoa）跟着忒奥克里托斯（Theocritus）回到家中。二人刚去了法院，忒奥克里托斯的继兄安提丰（Antiphon）递交了一份申请，要求将阿索亚和她的奴隶同伴菲勒勒（Phylele）的归属权转移给自己。

忒奥克里托斯生气地告诉阿索亚，他让安提丰把申请拿走，叠起来，折出一个锋利的棱角，扔出去。听到这里，菲勒勒松了一口气，忒奥克里托斯冷冷地笑了笑。阿索亚知道，如果有必要，忒奥克里托斯会亲自折磨她们两个人。但眼下安提丰正在争夺家族财产，忒奥克里托斯可不愿意看到自己宝贵的奴隶因为他人的贪婪而遭受损害。但是阿索亚什么都没说，她很清楚，危险还没有过去。

安提丰是不会放弃的。这对他的案子很有利，他的家人拒绝将奴隶交给他审问，特别是他声称她们卷入了雅典公民中毒死亡这样严重的事情当中。

十四年前，有一个叫菲洛尼奥斯（Philoneos）的人在因公出国前曾在这里停留，他是母亲已故丈夫的朋友。菲洛尼奥斯有个名叫迪莉缇拉（Dilitira）的妾室，是个奴隶，他对她感到厌倦了。在菲洛尼奥斯离开雅典前，他打算把迪莉缇拉卖给妓院。这件事大家都同意了。

但是，根据安提丰的说法，他的继母给了迪莉缇拉一线希望。女奴菲勒勒给了迪莉缇拉一瓶这位母亲亲手制作的爱情魔药。如果迪莉缇拉把药掺进菲洛尼奥斯的酒里，他就会立刻爱上迪莉缇拉，而她也会得到救赎。当然，继母的丈夫和菲洛尼奥斯喝的是同一瓶酒，也会喝下这魔药，但哪个妻子会介意丈夫多爱自己一点呢？

这位母亲摇了摇头："她不是从我这里拿到药水的。菲洛尼奥斯和你父亲一起待在比雷埃夫斯港。不知你还记不记得，你父亲要去纳克索斯岛（Naxos）出差，而菲洛尼奥斯也要去那里献祭，所以他们结伴去了港口。"

大家都知道在比雷埃夫斯港有十几个地方能买到爱情魔药。忒奥克里托斯认为，绝望的迪莉缇拉可能向某个女巫要了最强的剂量。要知道大多数爱情魔药效果要靠积累。每天往受害者的食物里滴一滴，对方的爱意会慢慢增长。

但迪莉缇拉没有时间了。她第二天就要被卖掉了。所以无论她是从哪里拿到了这药水，等到晚餐酒端上桌的时候，菲洛尼奥斯的酒里几乎倒了一整瓶药水。然后，她又把剩下的药水倒进了父亲的酒杯里。菲洛尼奥斯当场死亡。父亲坚持了二十天也去世了。

后来，迪莉缇拉一直称自己是单人作案。在杀人后，她也受到了折磨，但即便被打断了骨头，她也没有指认任何人。这件事就搁置了十四年。如今，在争夺家族继承权之际，安提丰提出了非比寻常的看法：毒药来源于继母，奴隶则是她的帮凶。此外，他称“爱情”从来是不能强求的，爱情魔药是纯粹的毒药。

在投毒事件发生后的十四年，奴隶们都还在，这有助于家庭辩护。毕竟如果是冷血的下毒人，一定早已将这种棘手的证人处理掉了。现在奴隶们完全控制在忒奥克里托斯母亲（也就是所谓的投毒者）手中。

根据证词，安提丰打算通过武力从奴隶身上获得“真相”。人在恐惧和痛苦时绝不会丧失理智，继续撒谎，所以安提丰希望让奴隶们受到折磨，从而暴露出在这场犯罪行为中自己的角色。当然，如果这个家族真的交出奴隶，而奴隶们一口咬定之前的说辞，那么母亲就应当是清白的。

阿索亚想象了一下折磨的场景，一切都开始模糊。那是十四年前的事了。即便头脑清晰，记忆力极佳，也很难准确回忆起某些事情——她知道如果真走到那一步，她绝对会因为恐惧和痛苦变得半疯。

安提丰想找的是线索（任何线索都可以），是菲勒勒和阿索亚记忆相左的东西，这会成为她们撒谎的证据，为更残酷的折磨进行铺垫。最后，她们为了不再受折磨，什么话都说得出来。

阿索亚闭上眼睛。她的主人只要一拿起鞭子，她立刻就会变成一个胡言乱语的废人。她想象不到自己看到烙铁时会是什么样子。她强迫自己保持沉默，因为她害怕自己会被从房间里赶出去。

母亲没有出庭作证。作为一个女人，她无权代表自己——根据法律规定，要由儿子为她辩护，驳斥投毒的指控。所以忒奥克里托斯回来把进展告诉了她："根据安提丰的证词，你对此供认不讳。父亲躺在床上奄奄一息的时候，你进来告诉他是你准备的毒药。你告诉他自己利用了女奴的绝望，骗她认为那瓶毒药是爱情魔药。

"简而言之，你承认了自己是凶手，那个可怜的女孩受你欺骗成了枪手。哦，你还在阿索亚面前得意洋洋地吹嘘。"

阿索亚回忆了一下。当时他们确实都围在垂死之人的床边。医生让他们做什么就做什么。安提丰那时还是个孩子，之前来过一次，或许是两次，当时他以为父亲只是病了。等到他发现自己可能会失去遗产的时候，才一直待在那里。

据安提丰所言，就是在这个时候，他的父亲告诉了他继母向自己坦白的事情。安提丰在法官面前称，弥留之际的父亲要他一定将杀害自己的人绳之以法，现在他已经是个成年人，要履行自己庄严的职责——虽然对家人下手让自己非常痛苦。

忒奥克里托斯汇报完毕，大家都陷入了沉思。阿索亚不禁想，如果父亲尚有余力能强迫儿子发下这样的誓言，为什么不能让儿子叫一位当地法官来作见证，更改遗嘱，剥夺妻子的继承权呢？他可以当场指控她。很奇怪，他并没有这样做。

“啊！”忒奥克里托斯说道，他可能也想到了同样的问题，“但安提丰可以说是母亲不让他离开屋子。还记得吗？当时他还未成年。”

妓女现身法庭

“医生呢？”阿索亚不禁好奇。母亲能阻止医生进出吗？她又不能阻止安提丰和医生说话，或是阻止医生和父亲说话。希望在辩护的时候可以提出这些问题。当然，这就是为什么安提丰要当着阿索亚的面讲出母亲的“自白”。他已经绝望了。如果他无法拷问奴隶，让她们承认自己的罪行，那么他就没有立案的理由，母亲无法定罪，他就没有遗产。

“无论如何都会闹到法庭上。”忒奥克里托斯冷笑道，“除了斯巴达人以外，雅典人最害怕的就是自己的妻子。人们还以为雅典各地的丈夫们都流行摔死呢，他们对妻子和毒药多么执着啊！在现在的舆论氛围下，执政官们肯定希望举行一次完全公开的听证会。”

“我就是涅索斯（Nessus），菲洛尼奥斯就是赫拉克勒斯。”母亲狡黠地说。在那个著名的神话故事里，赫拉克勒斯被自己的妻子杀死，他的妻子被一个叫涅索斯的半人马欺骗，给丈夫投了毒。

忒奥克里托斯摇了摇头：“不，他不会这样说。这种比喻太显眼了，可能会向陪审团暗示他是从这里获得了灵感。从他狂热的证词来判断，母亲，他想把你比作……”

“克吕泰涅斯特拉？”母亲说，“我觉得也没什么问题。”她摆出了一个夸张的姿势。

阿索亚努力捡起自己有限的神话知识，想搞清楚他们在说什么。克吕泰涅斯特拉和美丽的特洛伊海伦是同父异母的姐妹，大家对她的印象不是很深。她的丈夫参加特洛伊战争的时候，克吕泰涅斯特拉和丈夫的表亲有了一段风流韵事。大多数雅典男性都认为这种事比较常见。他们一年中大部分时间都待在军队或舰队里，妻子独自在家。克吕泰涅斯特拉的丈夫一路长途跋涉回家，满身尘土，他亲爱的妻子为他准备好浴缸，并在他洗澡的时候把他捅死了。

当然，除了这段私通关系之外，克吕泰涅斯特拉还有很多杀死丈夫的理由。她的丈夫杀死了克吕泰涅斯特拉的前夫，强奸并绑架了她，而且还在祭坛上将她的女儿献祭，庇佑特洛伊顺风顺水。[1] 但雅典男性对这些没有印象。他们大多数只在妻子给自己洗澡的时候才会想起克吕泰涅斯特拉。

阿索亚知道，如果安提丰能在陪审团的脑海中，成功将他的继母和克吕泰涅斯特拉联系起来，那么他很有可能拿到一份有罪的判决。如果陪审团认定母亲有罪，安提丰将会拿到父亲的全部遗产。父亲的第二个妻子成为下毒者，她的儿子也会失去遗产份额；他们还会失去房子的所有权。

没有阿索亚和菲勒勒出面做证，安提丰的一切指控都是荒谬不可信的，没有任何证据能支持他。毫无疑问，他利用的是每个男人怀疑妻子是否忠诚的心理。可怜的男人躺在病床上，无助地看着想要置自己于死地的幸灾乐祸的妻子，一次又一次向上天祈求“正义”和悲悯。安提丰无法在陪审团

1 这个变体最初的源头是欧里庇得斯的《伊菲革涅亚在奥利斯》（*Iphigenia at Aulis*），写于公元前 408—公元前 406 年。对欧里庇得斯来说，增添这一元素不算出格，众所周知他对神话有其他突出贡献。

跟前得逞，家人们认为他会走上私刑暴徒的道路。

忒奥克里托斯说出了自己的防守计划。他首先会解释安提丰的动机。对方的目的不是针对很久以前的谋杀进行报复——况且根本就没有谋杀。现在他只是贪婪。他的指控漏洞百出，母亲显然是无辜的，忒奥克里托斯绝不会让自己的奴隶白白送死。已经过去十四年了，任何人都有可能指控他人做任何事。证据早已不复存在，记忆也已经模糊。今天陪审团视作正义的标准，可能会是判定自己未来是否有罪的基础。

这说服不了弟弟。“他对情感的诉求比我们对理性的诉求要强烈得多。即便如此，你是哥哥。我听你的。”阿索亚和菲勒勒随后走了出去，但阿索亚在门外停住，听着屋里的动静。

忒奥克里托斯以为只有自己和母亲了，于是平静地开口。“我不想在奴隶面前多说，怕她们因为害怕干出逃跑之类的蠢事。在问询后，我和朋友们聊了聊。如果我们不把奴隶交出去，对我们绝对没有好处。为了保证判决无罪，我们可能不得不把奴隶交出来接受质询。”

“不行！”母亲说，她的声音非常凶狠，让忒奥克里托斯颇为惊讶。阿索亚倒没有那么惊讶。她紧张地听儿子低声回答。

“我不知道你这么关心她们。我们有医生，回来以后有最好的治疗……”

“你不能这么做。”母亲狠狠地低语，“你父亲撑得比我想象得更久。我告诉他之后，他又撑了几个小时，我也没办法一直不让安提丰那个小崽子过来。没错，阿索亚无意中听到了我的话，该死！”

事实真相

本章中的事件基本与描述中发生过的一致。内容摘述自《安提丰：控告继母下毒》（*Antiphon: Against the Stepmother for Poisoning*）。成文的具体时间不确定，它是雅典演说家安提丰流传至今的十五篇演讲中的一篇。多数专家认为这篇演讲的时间在公元前 419 年到公元前 414 年之间。

争论的焦点在于，安提丰成为成功的演说家后，终于有足够的信心揭露家族中的罪恶秘密；或者，他卷入了与继兄弟争夺家族遗产的斗争之中，捏造了对继母的虚假指控。

很遗憾，我们没有为继母辩护，也不知道陪审团最终的裁定是什么。在审理过程中，安提丰确实因被告拒绝奴隶出面接受讯问而占据了上风。否则，他的案子会变成毫无根据、虚张声势的指控。没有任何一个公正的陪审团会根据他所提出的指控裁定继母有罪。可悲的是，雅典的陪审团裁定不公的事时有发生。

白天的第九个小时

（14：00—15：00）

飞毛腿奔向斯巴达

很少有人知道，在长途奔袭比赛中，身体状况良好的人可以跑得比马快。马的自重很大，而且吃的是草和谷物——二者都不是高能量食物。此外，马是一种聪明的动物，并不情愿长时间高速奔袭。

拉布拉斯（Labras）是个飞毛腿，是长途信使中的精英，人称“hemerodromoi”，他们认为马匹是懦夫。和最好的信使一样，他四十出头。脸晒得黝黑，饱经风霜，眯起蓝色的眼睛看着远处的地平线，牵动了脸上深深的皱纹。

奥林匹克运动会中路途最长的比赛是长跑（dolichos），但也仅仅是24斯塔德（2.63英里[1]）的散步一般的距离。拉

---

1 1英里约折合1.6千米。——译者注

布拉斯认为那是小孩子玩的过家家。如果着急要往阿提卡的某地送信，或是要向皮奥夏地区的底比斯紧急传递一条消息，肯定要找二十多岁的年轻人。但如果是要往斯巴达长途跋涉，就需要一个成熟的长跑信使——体力和心理都够成熟，这段艰苦的行程足以让二十多岁的年轻人蹲在路边哭起来。有些“长途”真的很长，几十年才能有一个优秀的飞毛腿诞生。

所有跑斯巴达这趟线的人都会想到斐迪庇第斯（Pheidippides）。大约七十年前（公元前490年），斐迪庇第

传递马拉松战役胜利消息的使者

斯就跑了眼下拉布拉斯走的这趟线。但是，发生了紧急事件——波斯军队在马拉松登陆，企图摧毁雅典。斐迪庇第斯前去向斯巴达人寻求帮助。根据历史学希罗多德的记载，斐迪庇第斯在“出发的第二天”就到了斯巴达。

我们联系上下文来看。假设他从雅典的议事厅出发，以斯巴达的元老院为终点，斐迪庇第斯要在 40 小时内跑完 1 400 斯塔德（约 245 千米）。他要在麦塔格特尼昂月（8 月、9 月间）完成这一壮举。那时天气炎热，在正午的阳光下，疯狗也会恢复理智。所幸此时拉布拉斯经历的是和煦的春天，虽然在接近铁该亚（Tegea）高处时天气会非常寒冷。

斯巴达超级马拉松赛（The Spartathlon）

1982 年，有位英国皇家空军军官被斐迪庇第斯的英雄事迹吸引，决定验证一下信使究竟有没有可能第一天离开雅典，第二天就抵达斯巴达。没人知道答案，所以他自己跑完了 245 千米，历时 38 小时。从那时起，斯巴达超级马拉松就成了检验优秀长跑运动员的黄金标准。在几百名参赛选手中，很少有人能跑到科林斯。没有一名现代运动员会尝试第二天折返跑回雅典。

拉布拉斯带的是口信，不过，他也带了一个简短的印有雅典官方印章的指令，它的作用是让听口信的人相信这个人。指令装在小背包里，拉布拉斯把它严丝合缝地背在背上，除了从里面拿肉干和蜂蜜无花果之外，他经常忘记它的存在。

他还有一个水瓶，但体积比人们想象的要小。和所有飞毛腿一样，拉布拉斯对沿途的泉水了如指掌，只需几分钟内就能弄清距离最近的新鲜水源有多远。他还有一小瓶油。即便穿着宽松的束腰长袍，如果不用油搽乳头，胸部也会留下大片的血迹。

等到肌肉进入放松的状态后，就是比较容易的阶段了，拉布拉斯感受到跑步带来的纯粹的快乐。这个简单的动作可以消除日常生活中单调和琐碎的烦恼。确实，他的朋友们都表示，像他们这样经常跑步的人，如果几天不充分运动一下，身体会感到“不大舒服”。眼下，拉布拉斯沿着圣道（Sacred Way）向西大跨步奔跑，学院的小树林就在他右肩的位置，刻菲索斯河（Cephissus）就在前面不远处（第一个饮水点）。

他赤着脚，保持着一定节奏，在坚硬、尘土飞扬的路面上奔跑。他的脚底如皮革一般坚硬，但他给予脚掌的关注如同骑兵和重装步兵格外关注骏马马掌一样。脚是他奔跑的工具，要小心地保持皮肤光滑，用油浸润。擦伤和开裂在长跑结束后可能会恶化成血淋淋的大伤口。

圣道将他向东引去，爬上阿埃伽莱奥斯山（Mount Aegaleos），爬上山脊后，他会看到每年沿着圣道走上来，前往至福乐土（Elysian）的朝圣者所看到的景象——午后的阳光在厄琉息斯湾（Eleusian Gulf）的海浪中闪闪发光，白色的神殿依偎在大海和瑟利亚（Thria）平原之间。

每次走这条路线时，拉布拉斯都会提醒自己一定要接受同事长久以来的提议，报名参加厄琉息斯神庙（temple of Eleusis）的仪式。仪式具体是什么，只有参加的人才知道，所有参与了这个神秘仪式的人都会起誓保守秘密。除此之外，雅典政府还会强制人们保守这项秘密，外泄秘密的人将会被处以死刑。仪式相当古老，据说在过去的一千年里，每年都要举行这种仪式。

仪式的主题大家都知道，是死亡和重生。仪式涉及得墨忒尔（Demeter）和她的女儿珀耳塞福涅（Persephone）。没有参与仪式的人只能在酒馆里猜测。可怕的冥界之王哈迪斯（Hades）将珀耳塞福涅绑走做新娘，由于失去了女儿，掌管谷物和庄稼生长的得墨忒尔既悲愤又痛苦，不肯让万物生长。

为了避免自己的土地变成贫瘠空旷的沙漠，奥林匹亚诸神出面说服哈迪斯释放了被掳的新娘。但是珀耳塞福涅在冥界吃了三颗石榴籽，不得不每年返回冥界。因此得墨忒尔每年都要罢工一段时间，直到珀耳塞福涅从冥界返回，一切才恢复如初。她归来之时，必将大雨倾盆，大地盛放鲜花。

也许珀耳塞福涅是从厄琉息斯神庙返回人间，得墨忒尔会在这里迎接，神职人员则要站在一旁敬畏地观望。这种猜测仅限于私下进行，不然当局可能会把参与的人扔去冥界，让他们自己去求证。

拉布拉斯沿着圣道轻松地奔跑，一边跑一边思考。连续跑六天马拉松就是有这样的好处：稳定的节奏会让人进入一种忘我的状态。让人有时间去胡思乱想，想的并不是平时的琐事，而是深沉慵懒地思考，闪念不断涌现，直到思绪被外界打断。除了忍耐之外，没有其他事可做。如果在经受不可能的身体挑战之外，跑步的人还能想想其他的事，会对他很有帮助。

季节流转，你在婚床上遭到强暴
对于痛苦的凡人，只你同为生与死。
珀耳塞福涅，你养育他们，又毁杀他们。

听我说吧，真福女神，让土地长出果实，
请在和平中怒放，温柔的手握健康，
让生命得福，直到丰美的晚年，
珀耳塞福涅，在你下到伟大的
哈迪斯王国去之前。

献给珀耳塞福涅的祷歌

在刻菲索斯河边，拉布拉斯仍然处在城市的郊区地带。路边有许多农场，农场里养着狗，在拉布拉斯经过时跑出来狂吠，他很想把这个物种全部宰了。田里种着大麦，橄榄树林很茂密，叶子是土黄色的，上面沾着灰尘。很多树还很小，有些老树树干粗糙，树皮上布满黑色的烧焦痕迹。

这是斯巴达人的所作所为。在之前的战争中，他们发现想要毁掉一片橄榄林是很困难的。即便把树砍掉，过几年也会有新芽从树根处长出来。如果要把树根刨出来，则是一项艰苦棘手的工作——对于常把体力活留给下人做的斯巴达人更是如此。如果放火烧树林，很明显也是失败的，那些布满焦痕的树上结满了果实。

但早些年的时候，拉布拉斯就曾跑步穿越过整个国家，当时农舍还是废墟，田地里空荡荡的，没有牛群。他亲身体会到斯巴达人的入侵给阿提卡人带来了多少毁灭和悲痛。雅典是国家的中心，但大多数雅典人并不住在城里，而是住在阿提卡的小镇。他们每天离开村舍来到田间劳作，男男女女都一样，大家照料果树、耕种土地、饲养牲畜，回到家中延续着古老的乡村生活。

拉布拉斯就是这样长大的，他愿意竭尽所能向斯巴达长老会议解释雅典的情况。是的，雅典集结了一支强大的舰队。是的，他们的重装步兵部队一如既往地强大。但这种强大的毁灭性武器并非针对伯罗奔尼撒人。雅典议会主席希望向斯巴达长老会议表明态度，这一立场来自尼西阿斯本人，他是平息上一次战争的和平缔造者，始终对斯巴达人保持真诚的态度。

拉布拉斯穿过马路，避开了一辆驶向城区的满载牛车，他开始思考为什么要把这个消息交给他来传递。雅典完全可以找几个大腹便便、娇生惯养的大使，把他们放在船上，轻松地穿越萨罗尼克斯湾，驶向吉雄港（Gythium）。上岸后，只需要走一个上午就可以抵达斯巴达，抵达后，大使可以不费吹灰之力把观点陈述清楚。

但拉布拉斯不曾想到，他的话带有坚定的信念，比任何一个大使都更有分量。一些斯巴达粗人总是对狡猾老练的雅典人心存警惕（并不是说斯巴达人处理不了复杂的事，而是他们不愿把这点表现得太明显）。尽管他们瞧不起政客，但他们很可能会被身材颀长、体能远超普通斯巴达人的中年飞毛腿所打动。

将军向斯巴达派出了一名信使。这个人叫斐迪庇第斯，是职业长跑选手……当斐迪庇第斯来到铁该亚的山上时，他遇到了潘神（Pan）。潘神说他对雅典人抱有善意，并经常帮助他们……斐迪庇第斯离开雅典第二天就抵达了斯巴达。他来到地方官面前传达口信。

希罗多德《历史》6.105ff

河水正在上涨，拉布拉斯在心里标出了沿途十几个休息点中的第一个。没人能一口气跑到斯巴达，路程之艰难让人还未出发就已经失去了信心。但是，跑到刻菲索斯河可以算作一场愉快的午后郊游。那里离阿佛洛狄忒神庙不远，有一处山口通向厄琉息斯神庙。然后，伴随着夜幕的降临，通向山上的要塞小镇俄诺厄（Oenoe）有两段路，一段是轻松的平原（有两处取水点），另一段是山地。到这里就离开了阿提卡，将皮奥夏分割成多块行进之后，你终于可以在凌晨三点抵达第一处较大的休息站——科林斯。

到科林斯的时候就可以看星星了，地峡区在整个旅程中占了三分之一。在理想情况下，拉布拉斯喜欢把这里作为一个小小的缓冲区。如果时间允许，他会在路边清空肠子，悠闲地喝一点酒，活动一下腿脚缓解抽筋的肌肉。前面的路更艰难——在进入平原和铁该亚古城前，在地峡底部有一处垭口。这里寒冷刺骨，仿佛在从筋疲力尽的身体中不断汲取能量。

也就是在这里，著名的斐迪庇第斯遇到了伟大的潘神，后者敦促他继续加油。拉布拉斯对此并不意外。长跑手将自己的身体逼到极点后，现实的界限会开始模糊。他不禁回忆起那一瞬间——在同样跑这一段路的时候——一群半人马从树林里走出来，在他身旁跑了一小段。拉布拉斯至今也不确定这件事是否真的发生过，但他又很期待这种情况再次出现。

临近铁该亚的时候，早晨的太阳会出现在他左肩的位置。这是一段下坡路，但跑起来并不轻松。下坡会给关节带来额外的压力，不可避免地损伤他的身体。新陈代谢会破坏肌肉以获取能量，过度劳累积累的毒素需要很长时间才能排出身体。和大多数长跑手一样，拉布拉斯有自己解决问题的办法。对他来说，就是很多很多新鲜的水果。在长跑之前，他基本是靠新鲜水果和瘦肉维生。

路过铁该亚后，正午的阳光猛烈照射下来，伴随而来的是迷茫与深深的不满，他一边想着这次又会跑掉多少脚指甲，一边在高温下迈着灌铅一样的双腿为营生奔波。拉布拉斯遇到过这种情况，虽然他并不希望体会这样沉重的焦灼，但这确实意味着自己已经到达状态的谷底了。无论是身体上还是精神上，这已经是最糟糕的时候。后面只有大概两个完整马拉松的距离了。

赫尔墨斯（宙斯的信使）：我刚刚从西顿（Sidon）回来，他（父亲宙斯）就派我去照看欧罗巴（Europa）。我还没来得及喘口气，就要赶去阿尔戈斯寻找达那厄（Danae）。“哦。”父亲说，“你还可以顺便去皮奥夏看看安提奥珀（Antiope）。”我告诉你，这简直要了我的命。

迈亚（Maia，赫尔墨斯的母亲）：我的孩子啊！做个好孩子，照你父亲说的做。现在就动身去阿尔戈斯和皮奥夏吧。快一点，除非你想挨鞭子。

琉善《诸神的对话》(*Divine Dialogues*) 4(24)

傍晚时分，拉布拉斯会抵达斯巴达，告诉五督政官(Euphors)[1]自己抵达的消息。然后，他会来到专门分给信使休息的住处，像死人一样昏睡过去，直到第二天上午被召集到议会才会醒来。在这以后，他会回到自己的房间，睡到第二天黎明。随着太阳升起，真正困难的部分来了——他要跑回雅典。

1 五督政官：古代斯巴达设有五督政官，每年由全体城邦公民选出，不得连任，这五人负责协助两位国王执政。——译者注

白天的第十个小时

（15：00—16：00）

重装步兵愤愤不平

重装步兵心不在焉地凝视着城墙，向着港口走去。城墙上有一部分是他曾祖父的坟墓。如今，人们在雅典城墙旁边散步，寻找砌在当中的部分家产已经变成一种消遣的方式。

如今环绕着雅典的城墙是匆忙间建造的。一切都要从温泉关之战说起。按照斯巴达人的说法，温泉关之战（公元前480年）是一次伟大的胜利。但事实上并非如此，斯巴达国王列奥尼达（Leonidas）和他的军队在这里被入侵的波斯军队打得喘不过气来。斯巴达人固然勇猛，但他们还是战败了（由于希腊战舰挡住了波斯人的海上通路，波斯人不能以渡船的方式包围斯巴达，不得不选择横穿斯巴达人。这支主要由雅典战舰组成的舰队在海上完成了列奥尼达在陆地上未能完成的任务。但现在已经很少有人记得了。诗人们更喜欢赞颂无意义的英勇赴死，不愿为干脆漂亮的胜利讴歌）。

温泉关之战后，波斯人怀着满腔报复的怒火冲进雅典，毁了这座城市，并以摧毁城墙的方式获取扭曲的快乐。失去城墙的希腊城就像没有了壳的蜗牛一样无助。因此，当波斯人败退后，斯巴达人的态度让雅典人感到不寒而栗。斯巴达人说："雅典不需要城墙。我们能保护你们。朋友照应朋友。我们是朋友啊，不是吗？如果你们要修墙，我们会很生气。"

正在凝视城墙的重装步兵在城墙修建时尚未出生。那时他父亲还是个孩子，虽然年纪还小，也被迫参与到修建城墙的工程之中。雅典的领袖地米斯托克利告诉大家，一定要尽快把墙修起来，同时他派人前往斯巴达做出保证，雅典人没有修墙。

绝望的雅典人用光了所有的石头。波斯人在撤退时毁掉了所有带不走也烧不掉的东西，因此留下了大量的碎石。但现如今，连完好的房屋也被拆掉搬去砌墙了。这就是为什么雅典的城墙建得这么糟糕。你能看到这里有一根柱子，那里有一块饰带浮雕，到处都是粗糙的石块，只用凿子简单修整了一下形状。

与此同时，所有去往伯罗奔尼撒半岛的人都被雅典方礼貌地截住了。当然，谣言一下子就传开了。虽然地处欧罗塔斯（Eurotas）河谷的斯巴达相当闭塞，但这样具有争议的雅典建筑开建，消息一定会传过去。扎营在斯巴达的地米斯托克利否认了所有的谣言。但是，不断有消息传来，于是他表示要派出代表团查明真相。

然而代表团并没有回到斯巴达，雅典城墙却一直在修建。修墙的市民用光了所有能用的石头，便去城外洗劫坟墓，这就是为什么重装步兵的曾祖父最后会埋身墙中。直到此时，地米斯托克利才承认雅典确实修了城墙。这道城墙巨大、坚固、极具防御性。斯巴达人能怎么办？

修墙虽然十分匆忙，但它确实生效了。反波斯联盟不可避免地土崩瓦解，斯巴达和雅典陷入僵局，斯巴达人直接挺进到雅典城墙下，但他们没办法占领这座城市。这一场景是重装步兵见识过的。那时他已经是青年人，骄傲地穿着盔甲站在父亲身边。

今天他有岗哨的任务。随着雅典恢复和平，重装步兵唯一要担心的就是在无聊的时候昏睡过去。他很高兴今天不用去城墙上巡逻，可以不用踩那些不规则的台阶，也不用担心倾斜的墙面。今天他可以悠闲地沿着长墙走向岗亭，俯瞰整个港口。

长墙和城墙完全不同。雅典人在修建长墙的时候，城市里堆满了从劳里昂银矿中冶炼出的钱币，此外还有盟友们不情不愿交来的贡品。墙体修建在坚实的石灰石地基上，石头是规则切割好的。实际上，如果要去比雷埃夫斯港，沿着墙走比走在两垛墙之间要容易得多。

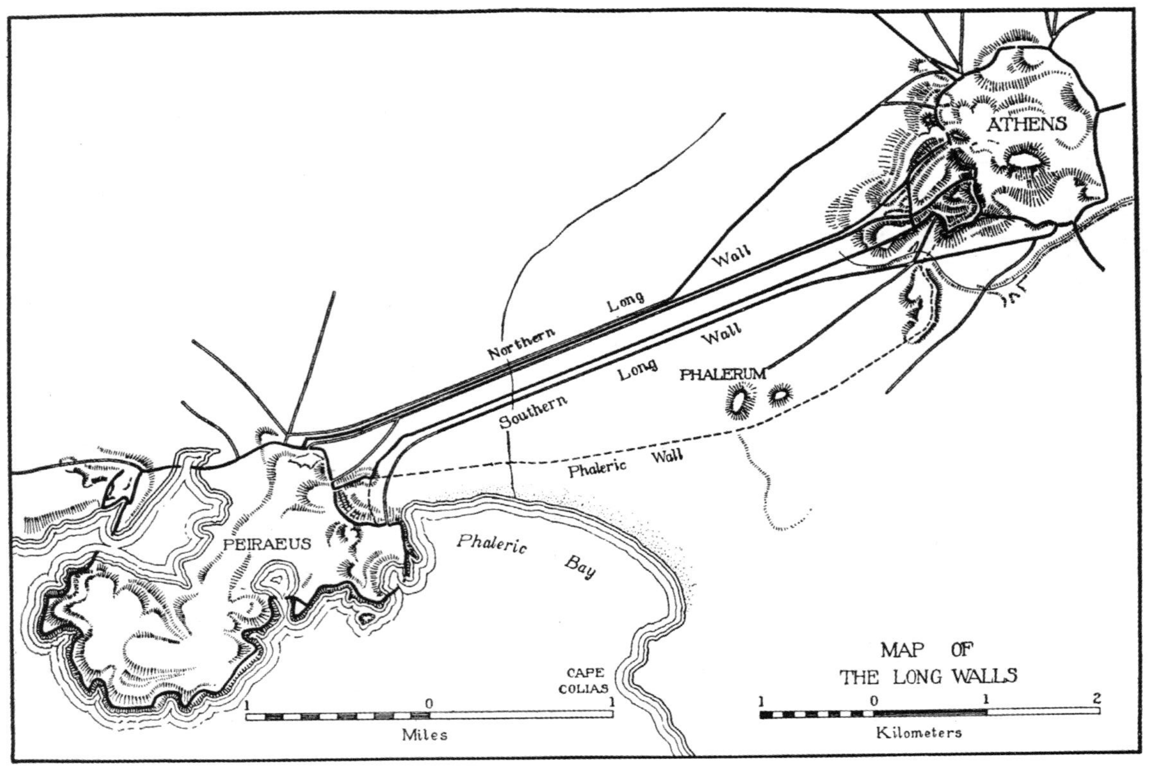

由长墙相连的两座截然不同的城市：雅典和比雷埃夫斯

长墙由两列互相平行的墙组成，两堵墙之间相距500步，有效地将雅典与周围的乡村隔离开来，使城市变成一座孤岛。入侵者可能会对阿提卡的乡村地区造成严重破坏，但只要雅典海军还占据着上风，补给品就会在比雷埃夫斯港登陆，一路的长墙可以起到保护作用。围攻者只能看着，偶尔还有雅典卫兵在城墙上撩起束腰外衣，冲他们露出屁股。

在港口附近有一段石阶通向城墙上，年轻的重装步兵正准备登墙，一声愉快的招呼阻止了他的脚步。一个老头坐在街头小酒馆的遮阳棚下。重装步兵立刻认出了这位著名的城市之星——剧作家索福克勒斯（Sophocles）。

索福克勒斯对围坐在桌旁的朋友们说："这位是这座城市的英雄之一——保护我们安全的重装步兵。"他招呼年轻人走过去。重装步兵犹豫了一下，但对方是索福克勒斯，他没办法拒绝。

这个人是领着整个城市唱颂歌（paean）的人——为神灵而唱的赞美歌，用以向战胜波斯人的萨拉米斯战役致敬。他是伯里克利的朋友，也是西蒙（Cimon）将军的酒友。在二十五年前的萨摩斯（Samos）战役中，索福克勒斯本人就是一名将军。这个人有名有势，还有很多有名有势的朋友。除非重装步兵下个月想要去扫厕所，否则他最好礼貌一点。于是他走了过去。

"请坐，孩子。请坐。"索福克勒斯亲切地说。

"我，嗯，马上就要去站岗了。"重装步兵紧张地说。

他在剧作家旁边的长凳边上坐下。

索福克勒斯的一个攀附者从陶罐里倒出酒来，往里面洒了些水，将酒杯斟满递给重装步兵，他不情愿地摇了摇头。“他不能喝这个，他要去当班。”索福克勒斯责备道，“我来喝。小心点，酒杯满了——就像妓女拥向坐在旁边的情人那样。”他所指的这个女人似乎介于歌伎和交际花之间。

“你把他弄得脸红了。”索福克勒斯的一个同伴说，“诗人普律尼科司（Phrynichus）看到这一场景会怎么说呢？‘爱的光芒照耀着他深红的脸颊。’真美。”

索福克勒斯

索福克勒斯出生于公元前 496 年的科罗诺斯区，那时马拉松战役刚结束不久。90 年后，他于伯罗奔尼撒战争即将结束之时去世。在一生的大部分时间里，索福克勒斯是一位活跃的剧作家，创作了大约 123 部戏剧。在他去世的那一年，他写下了获得殊荣的《俄狄浦斯在科罗诺斯》（*Oedipus at Colonus*），这距离他在公元前 468 年获得第一个戏剧奖已经过去了 62 年。

通过他的底比斯戏剧，尤其是以俄狄浦斯为主角的戏剧，索福克勒斯将雅典戏剧提升到了一个新的高度，至今他的作品有 7 部流传下来，仍在世界各地定期上演。

“没错，你在诗歌方面很有造诣。”索福克勒斯说，“但普律尼科司说漂亮的男孩子脸颊是深红色，这是错误的。如果画家用深红色涂抹男孩的脸颊，看上去可就不漂亮了。美的东西不能和不美的东西做比较。”

重装步兵心神不宁，他清楚地意识到这欢乐的醉酒背后揶揄的事是多么冷酷。让他气愤的是，他知道自己的脸涨得更红了。于是他打算把酒杯递给索福克勒斯然后离开，以彬彬有礼的姿态向地狱走去。

“哦，这里有一根稻草。”诗人指着酒杯对重装步兵说，“请你把它拿出来。你不是想让我享用美酒吗？不！”索福克勒斯向后一缩，“不要用手指。我们不知道你摸过什么。杯子已经斟满了。把它吹出来。”

重装步兵举起杯子，噘起嘴唇吹气。正在他吹气的时候，索福克勒斯靠了过来。突然，他用胳膊搂住年轻人，把他拉向自己，给了他一个长长的亲密的吻。重装步兵呆坐在自己的位子上，其他人爆发出欢呼和掌声。出于某种原因，在这个过程中，重装步兵能想到的只是把酒杯放在桌上，不把里面的东西洒出来。当他这样做的时候，诗人的舌头滑过了他的嘴唇。一番挣扎后，重装步兵终于挣脱束缚跳了起来。

“干得漂亮！”一个同伴对索福克勒斯说，后者显得相当得意。

“先生们，我在练习策略。伯里克利说我知道如何写诗，但不知道如何成为一个战略家。你们看，我这个计谋不正是恰到好处吗？”

> 索福克勒斯和伯里克利是同去参加某次海军远征的将领。当他称赞一名年轻人美貌时，伯里克利曾对他说：“索福克勒斯，将军不仅要保持双手干净，还要保持眼睛干净。”
>
> 普鲁塔克《伯里克利传》8

他们没有注意到重装步兵，他带着无助的愤怒和羞辱颤抖着转身走开了。一句冷嘲热讽的告别跟着他走上了城墙。

随后，在当值指挥官视察时，重装步兵正式提出投诉。但指挥官对此不屑一顾。大家都知道索福克勒斯是什么人，当他坐在桌边和他人分享一大杯酒的时候，重装步兵就应该心里有数了。现在他也无能为力，当时他并不当值，索福克勒斯并没有妨碍他站岗。如果重装步兵不介意树立不必要的敌人，他可以请父亲出面，但这不值得。他知道自己需要忘记这一切，毕竟这只是一场恶作剧。

好色之徒索福克勒斯

关于酒杯事件的记载见于阿特纳奥斯（Athenaeus）的《博学者的飨宴》（*Deipnosophists*）(13.81)。文中，整个场景从希俄斯的一场晚宴转移到了雅典的一个酒馆，年轻的重装步兵实际是一个名叫赫马希留斯（Hermesileus）的年轻人。除此之外，事件在对话部分之前都是照实呈现的。

和重装步兵一起执勤的守卫与他的看法相同。“那个索福克勒斯就是个变态，没错。男人在青春期时会被男孩吸引，这很正常。但在一个成年男人身上寻找欲望——一种对男孩子的爱就很不正常了。如果他不是索福克勒斯，早就有人收拾他了。”

“嘿，你听说过索福克勒斯和欧里庇得斯的事吗？老年人的荒唐，你根本想象不出来。”

重装步兵和父母都过着本分的日子。为了不让自己看起来天真到脱离了生活，他小心翼翼地说：“你继续。”

守卫开始讲述他的故事。不久前，索福克勒斯在城墙外面遇到了一个农场男孩。这个男孩显然对服侍有钱的老年人很有经验，二人迅速谈妥。最后，两个人赤身裸体地躺在男孩的斗篷上，身上披着的索福克勒斯的斗篷则遮住了二人的身体。这时，男孩站了起来，拿着索福克勒斯的斗篷走了。

那是一件很昂贵的斗篷，索福克勒斯手里的男孩的斗篷，是一件廉价的优卑亚羊毛织成的臭烘烘的旧衣服。这个老年人犯了一个错误，他当众抱怨了这件盗窃案，引得众人一片嘲笑。欧里庇得斯拿这件事开了个玩笑，他编了一个朗朗上口的段子，几乎把整件事讲全了，斗篷的事也没落下。索福克勒斯也立刻写了文章，抨击欧里庇得斯和一个色雷斯商人的妻子偷情。

守卫闭上眼睛开始背诵：

我是被太阳晒得一丝不挂，而非被男孩所困。
不像你，欧里庇得斯，亲吻别人的妻子
…………
把自己的种子种在别人的田里
仓皇逃跑又怪罪厄洛斯（Eros）是不明智的。[1]

“听着，下班后我们一起去酒馆——码头旁边那家。店主不介意我们把行头放在柜台后面，在回家的路上去喝一两杯葡萄酒吧。我把雅典娜介绍给你——虽然她名叫雅典娜，但她并不聪明，不过她非常善于交际。她没长灰白胡子，怎

1 斗篷事件来自失传文本、罗德岛的希罗尼穆斯的《历史评论》（*Historical Commentaries of Hieronymus of Rhodes*），引自阿特纳奥斯《博学者的飨宴》13.82，附有索福克勒斯的愤慨小诗。

么也比上次和你贴面浪漫的熟人年轻五十岁。怎么样？”

希腊同性恋

从字面意思上来说，同性恋在古代雅典并不存在。这个词诞生还不到200年。古雅典人对这件事有完全不同的看法，他们认为性就是性。总的来说，只要男性扮演“男性角色”，他就是正常的男子汉，不管他的情感对象是男性奴隶、青少年、妓女还是他的妻子。

像上文中这类对青少年男孩的欲望，在当下会招致长期监禁，但这种欲望在雅典社会却是大行其道的。年长的雄性对年轻情人的成长很感兴趣，会送给他一些小礼物，并且指导他，直到他最终成长为一个成熟的、长胡子的雄性。自那以后，这段关系中的性爱部分便会停止，不过二人在余生中还会保持稳固的朋友关系。

如果成年的男性受到男性的爱慕，则会被人耻笑，成为阿里斯托芬笔下的euryproktos，即“大屁股”。人们认为这样的男性是很可悲的。确实如此。在雅典人的性关系当中，被动的伴侣是“可悲的人”。

白天的第十一个小时

（16：00—17：00）

船长进港

“到坎萨罗斯（Cantharos）了。”水手高兴地说。

听到这个消息，帕利奥纳托（Palionautos）宽慰了不少，他仔细看了看船舱底部水井里的水。上午深海的浪潮减弱，“内里亚德号”（Neriad）在风帆下向着西北方向行驶。这个老姑娘已经扛不住波涛汹涌的大海了。每次船在海浪的冲击下狠狠撞上波峰或波谷时，都会发出恐怖的吱吱声，海水在满是盐渍的木板间喷涌，让冬天苦心灌注的沥青仿佛成了一个笑话。

帕利奥纳托将疼痛的关节从舱底泵上移开，爬上桅杆台阶来到甲板上，眺望迎面而来的港口。不知道自己和“内里亚德号”还能坚持多久。他们两个年纪都很大了。人和船现在只适合悠闲地绕着攸克辛海（Euxine Sea，黑海）航行，沿着海岸线载客或承接短期运送的货物，每隔几天就可以回到家乡的尼姆菲翁（Nymphaion）港口，给孙辈们带去饰品和礼物。帕利奥纳托发誓这是他最后一次运粮，十年来，他每年都要走这一趟。

这主要是因为雅典之行利润十分丰厚。雅典人需要进口粮食，也给商人充足的供应粮食的动机。如果“内里亚德号”能够正常运转，就可以说几乎没有风险。在攸克辛海北部海岸的尼姆菲翁，帕利奥纳托与一个专为雅典官方收购粮食的代理谈好了价格。然后为了买下粮食，他以船为抵押，从代理处借了一笔利息为 15% 的贷款。

接下来，他开始与当地批发商讨价还价，这些批发商从农民手中收购了粮食。他的目标是在雅典销售 300 罐粮食（约合 6 200 升），且至少要赚到 85% 的利润。由于销售价格已经和雅典的粮食收购代理商量好了，所以在帕利奥纳托起航时就清楚地知道自己的货能赚多少钱了。

当船离开攸克辛海的时候，卡尔西登当局会收取 10% 的税金，此外还要在雅典缴纳港口会费，支付船上三名船员的工资，但这些以及其他费用都可以用回程货物的利润来支付。运粮的收入是完全有保障的。这笔贷款会由雅典来承担，如果“内里亚德号”在前往雅典的路上沉没了，这笔贷款将一笔勾销。

之所以去往雅典还有另一个原因——就算是绝不感情

用事的帕利奥纳托也不愿承认。即便赶上风力尚佳的时候，“内里亚德号”的速度也很慢，有什么可着急的呢？无事可做的时候躺在甲板上，看着白云飘过，船在春日淡蓝色的天空和希俄斯岛深蓝色的海水之间航行，让人有更多时间能品味这种完美的自由的感觉。人可以在避风的小海湾里坐在船边捕鱼，一捕就是好几个小时，透过三米深的清澈海水可以看到“内里亚德号”船体的倒影，在白色的沙滩上映出深深的带棱角的倒影。

帕利奥纳托乐于向所有愿意倾听的人抱怨工作是多么艰辛，但其实他非常喜欢做水手。特别是在此时，可以轻快地奔向比雷埃夫斯港的坎萨罗斯，午后阿刻忒山（hills of Akte）长长的阴影遮住了港口东侧帝王庙的柱廊，远处莱卡贝特山（Mount Lycabettus）歪歪扭扭的巫帽在阳光下闪闪发光。这种感觉只有水手才知道。波塞冬又一次大发慈悲指引着船只进入避风港，远离攸克辛海中突如其来的狂风暴雨，以及基克拉泽斯群岛（Cyclades）附近徘徊的海盗船。凶猛的水流冲击着阿索斯山（Mount Athos），足以将船只摧毁。

帕利奥纳托由衷地高兴，对全体船员们说：“小伙子们，我们又成功了。”

现在要让内里亚德号对接好港口。虽然距离港口的距离似乎并没有变短，但船后搅动的尾流说明船正在加速。突然间，港口入口右侧的圆柱——水手们称之为“地米斯托克利之柱”已经映入眼帘，是时候调整船帆，作为舵手的帕利奥纳托也要摇起船后的双桨了。

内里亚德号是一种叫作“驳船（kerkouros）”的商船——是一种“剪了尾巴”的船——这种船的船尾几乎是垂直的。抵达码头后，内里亚德号要先系住船尾，船头指向港口。把船尾用缆绳固定住，中间放下跳板，卸货就很简单了。

等船停靠码头后，帕利奥纳托要做一个经过良久思考的决定。问题主要是“内里亚德号”已经上岁数了。制造这艘船的松木是从阿勒颇（Aleppo）附近的山坡上砍下来的，当时帕利奥纳托还是个孩子。如今，他已经六十岁了，这艘船也不再年轻了。为了放置容积更大的舱底泵，桅杆台阶已经向上移动了两次，即便如此，每次航行都是与上升水位的一场竞赛。

这艘船最初是按照传统方式建造的——首先把船体的木板仔细地拼装在一起，船壳造好后，把肋材插进来，用铜钉固定住。帕利奥纳托记得他父亲买下这艘船的时候，不惜将家里的小农场不动产抵押了出去。它曾经是一艘灵活的小船，在波浪间起起伏伏，让曾经紧紧抓住绳索的小男孩激动不已，看到那张花纹鲜艳的帆就哈哈大笑。

内里亚德号

“内里亚德号”是一艘真实存在的船，名叫“凯里尼亚号”（Kyrenia），是一艘于 20 世纪 60 年代在塞浦路斯海岸上发现的残骸。和“内里亚德号”一样，这艘船年纪也很大——大约 80 岁。即便如此，“凯里尼亚”并非“自然死亡”。船体上的矛头表明这艘船曾被海盗劫持，他们认为这艘船不值得一救，便放任它沉没了。船的残骸非常完整，由此又出现了一艘翻新的船。翻新后的船名为“凯里尼亚二号”，至今仍以塞浦路斯文化大使的身份在塞浦路斯的水域上航行。

关于这艘非凡之船的更多信息，请参阅《1981 年国家地理学会研究报告》（*National Geographic Society Research Reports of 1981*）第 13 卷。

帆已经换了好几次，现在的这张也打了补丁褪色了。尽管如此，航行并不让帕利奥纳托担心。问题在于船体。帕利奥纳托是位经验丰富的水手，他认为自己的这份运气不会持续太久。

只要一阵狂风从优卑亚岛的群山中呼啸而下，汹涌的波涛就会把船打得像桶里的木屑一样转来转去。这艘脆弱的旧船即便侥幸没有被水流冲得四分五裂，也会涌进大量的水，最终导致船体倾覆。即便在这次相对平静的航行过程中，汹涌的海浪也在船体上冲出了大约一指宽的缝隙，水喷涌进船舱。帕利奥纳托生气地看着这些缝隙，现在已经用油浸的布堵住了。

帕利奥纳托是不是应当承认，这已经是“内里亚德号”最后一次爱琴海之旅了？是不是应当现在就让这艘破旧的船退役？还是应该用此次以及之前的航行收入对船体进行改装，让“内里亚德号”再航行上十年？

雅典大量出产白银。从劳里昂开采出来的方铅矿是铅和银的混合物，提取银需要把铅分离出来。所以铅在雅典很便宜。帕利奥纳托在考虑用一种帮助旧船保持漂浮状态的补救措施——用锤打的铅皮作为船壳和防水层来帮助船体漂浮起来。

“内里亚德号”从船头到船尾一共 26 肘尺（12 米），最宽处 9 肘尺（4.3 米）。因此，即便铅价相对比较便宜，这也是一笔昂贵的开销。此外还有一个问题要权衡。如果铅层比较薄，就会随着船身弯曲最终断裂，导致更严重的泄漏。但如果铅层较厚，可以为船体提供更好的保护，但较大的自重会使干舷[1]减少，船能运载的货物会变少。但与此同时，船也不再需要这么多的压舱物。帕利奥纳托仔细思考了一下，决定找码头上的杂货商乔马（Choma）谈谈，至少也要估计

1 干舷：吃水线到甲板间的距离。——译者注

出一个数字。然后……

“船！小心船！”甲板上的水手突然喊道，把帕利奥纳托从自己的思绪中扯了回来。一艘巨大的腓尼基商船正向他们逼近，差点将“内里亚德号”撞进港口里。这些船装载了300吨货物，几乎有30米长，这类船的船长最不能容忍小船挡道，这是出了名的。这类船上水手超过12名，不仅可以击退绝大多数海盗，甚至自己也能变成海盗——他们只需要向粗心的小船抛出一个锚。

这艘腓尼基货船的水位很高，帕利奥纳托猜测船上的货物可能是来自埃及的纸莎草，也许还有来自印度的檀香木和香料。这艘商船的航速是“内里亚德号”的两倍。帕利奥纳托只能使劲地靠在操舵桨上，才能让船靠到一边去。他生气地命令船员收起帆，免得在防波堤上搁浅。他看到腓尼基货船的船头上有公牛的标志。等到港务员登船收取1%停泊费的时候，他要好好告他们一状。

失去了动力，水手们不得不卸下长长的桨，把船划进泊位。其中一个船员一直看着港口的墙。

“色拉西洛斯（Thrasyllos）呢？他一般都坐在那儿——就在铁链上。”（战争时期，港口晚上是上锁的——警醒世人曾有个胆大的斯巴达指挥官计划了一次海军突袭，袭击了比雷埃夫斯港的核心地带。）

“色拉西洛斯？他走了。”帕利奥纳托漫不经心地说。他的心思都在舵上，眼下“内里亚德号”不在运行状态，转

比雷埃夫斯港，远处是雅典

向显得格外艰难。“上次你没有来，不然你早就知道了。”

色拉西洛斯是港口的传奇。他是个亲切友善的疯子，认为港口所有的船都是他的。他常会坐在港口的墙上，在一本精心保存的航海日志上记录“自己”船只来来往往的情况。[1]

“出什么事了？”

“是他的兄弟。他厌倦了色拉西洛斯疯疯癫癫的样子，带他去看医生了。医生很有办法，把他治好了。”

船员咒骂起来。“怎么会这样？我喜欢那个老头儿。他会让我看他的航海日志，这样我就知道朋友们在不在港内。

1 色拉西洛斯，疯狂的船观察员，是一个真实的人物。作家赫拉克利德斯在一篇名为《论愉悦》（*On Pleasure*）的文章中提到了他的病情，引自阿特纳奥斯《博学者的飨宴》12.81。

至少能知道他们最近有没有停靠过，知道他们是否安好。其实色拉西洛斯是在提供一种公共服务。太可惜了，他居然被治好了。”

“色拉西洛斯自己也这么觉得。”帕利奥纳托说道，“他再也感受不到坐在阳光下看‘自己的’船有多开心了。病好以后，他又试了一次，什么感觉也没有。现在他正在艾克斯兰（Aexone）附近的家族庄园里养牛。”

太阳渐渐向地平线落去，“内里亚德号”驶入港口，帕利奥纳托对这恰到好处的时间把握非常满意。他们已经航行了一整天，如果再晚两个小时，就只能停泊在近海上，或是把船开到帕列隆海滩，因为那个时候已经很黑了，没办法开到拥挤的坎萨罗斯湾里。

老水手扫视码头。坎萨罗斯湾是阿刻忒半岛上的三个港口之一。东边是泽亚港（Zea harbour），曾经是雅典的粮食港口（因此得名“泽亚”，意为二粒小麦）。现在港口已经是雅典剽悍的战舰基地，但粮仓仍然在附近，所以帕利奥纳托还是要停在这里。

一艘载着农产品的“轻型”船从“内里亚德号”旁驶过，船上装着一笼笼的鸡，这提醒了帕利奥纳托，他要在明天早晨向赫尔墨斯和波塞冬献祭，以换取航行的安全。船开过后，帕利奥纳托指着前方。

“在那里，那是我们的泊位。”

白天的第十二个小时

（17：00—18：00）

城市规划师接受盘问

室外暮色渐浓，帕纳戈拉点燃了酒馆后面一排小油灯中的第一盏。她打开了一个新的双耳酒罐，想看看罐子里的沉淀物是不是完全沉下去了。昨天，有位客人有意带着斯巴达战地酒杯（Spartan campaign cup）来到店里，要求把酒倒在杯子里。杯子内侧有一串同心圆形的凹陷。这样的设计可以让杯子浸在泥泞的溪水中时，更好地让杂物沉淀，或是过滤掉劣酒中的酒糟。帕纳戈拉对自己供应的食物质量颇以为豪，这种含蓄的侮辱刺痛了她。现在她要仔细检查这些商品，即便这个特殊的双耳罐里盛的是来自希俄斯岛的黑葡萄酒，几乎不透明。[1]

1 我们称之为深红色的酒，希腊人称之为“黑”，因为这是灯光下黏土杯的样子。这就是荷马会在他的诗中提到“深酒色的海”的原因。

傍晚时分人群涌了进来——工人带了一身的尘土，店主从集市上收摊，工匠从散布在比雷埃夫斯港各地的小作坊里冒出来。他们中，有些是奴隶，有些是外邦人，还有些是土生土长的雅典人。但只要他们的硬币是好的，帕纳戈拉并不在乎他们是什么人。此外，还有些从码头上下来的旅人。很多人喜欢在这里停下来吃点东西，然后再顺着长墙漫步到雅典。

有个旅人似乎是外国人，他坐在角落里不以为然地盯着街道，食指卷着一缕油乎乎的灰发。他的束腰外衣是廉价的羔羊毛，但是温暖舒适；他手上的戒指是意大利造的金戒指。帕纳戈拉感到有点不安。她的顾客绝大多数都是好人，但如果有客人明显是外来的，总会引来些街上的窃贼偷东西。

“下面那些摊位——是谁同意开的？”他让帕纳戈拉给

一盏陶土油灯。来自私人住宅的油灯一般要精致得多

自己斟满酒，“这样永久性的建筑应当拆除。这条街存在的意义是为了在大雨时带走雨水。”

“其实没什么问题。”彭塔克斯下楼来帮岳母晚上看店，说道，“街面是倾斜的，雨水顺着就流下去了。”

“这不是重点。”陌生人大声坚称，“我们现在在蒙奇亚（Munchyia）旁边，那座山下面已经被掏空了——一部分是人为的，一部分是自然造成的——你甚至可以把整栋房子塞进某些隧道里。如果这里的街道排水不畅，水会回流向蒙奇亚，那里就会出问题。”他用手指了指那些挡路的摊位，“那些东西不应该在这里。”

“作为一个外国人，你对这里的地理了解得挺多。”一个酒馆常客评论道。

“当然了。”陌生人说，“蒙奇亚——山和港口，在那边。通往阿刻忒的主干道和粮仓，在往那边走的两个街区外。最快抵达主港口的路，往那边走三个街区然后右转。等你走到那里的时候，记得告诉当政的人十字路口的喷泉管道要修了。雅典人的集体智慧难道理解不了城市需要维护这个概念吗？”

工人们有点不高兴。对他们来说，比雷埃夫斯港运转得不错。这里街道笔直，风可以顺畅地带走臭味和烟雾。除此之外，街道的角度也很好，房子可以晒到太阳。要是街道蜿蜒、房屋破旧、供水系统陈旧到无人知晓管道在哪里的话，人就只能跑到阿斯托（asty，雅典城中的区域）去了。比雷埃夫斯港的人很喜欢住在这里。

一个工人狐疑地看着陌生人:“你到底是谁?”

“我是希波丹姆斯(Hippodamus)!”陌生人张开双臂,像演员在剧场致意一样坐着鞠了个躬。回应他的只有沉思的寂静。

希波丹姆斯。这个名字确实耳熟。新剧院南面的市集就叫希波丹姆斯集市。这个名字也出现在一些其他建筑和港口附近的十字路口上。这是因为希波丹姆斯负责设计了整个比雷埃夫斯港。

停顿良久,后面传来一个声音:“那个希波丹姆斯啊!我还以为你好多年前就死了。”

“我没死。”城市规划师反驳,“我住在意大利的图利乌姆(Thurium)。既然你问到这个,差不多两件事是一回事。”

与此同时,帕纳戈拉透过酒馆的窗户凝视着昏暗的街道。当她还是个小女孩的时候,眼前还只是碎石和山羊的足迹。她记得伯里克利亲自聘用了希波丹姆斯整体规划这座港口城市。

希波丹姆斯曾说,他对爱奥尼亚战争中波斯人焚毁的米利都(Miletus)进行了重建,伯里克利对此印象非常深刻。他喜欢街道网格布局的思路,问希波丹姆斯可不可以用这种方法建造比雷埃夫斯港。希波丹姆斯特别喜欢强调这件事,说自己是第一个想到把街道修成直线,与其他街道垂直交叉的人。

然而，尽管他一再这样说，安纳托利亚（Anatolia）还是布满了这样网格布局的城市，这些街道已经有一千多年的历史了。据那些记忆力很好的人追述，即便是重建的米利都也和被波斯人毁掉前的样子非常相似——全部是网格状的图案。

“无论如何，重建米利都已经是很久之前的事了。重建工作刚开始的时候，你不过是个十几岁的孩子。”帕纳戈拉说。

希波丹姆斯反驳道：“我只是看着年轻。图利乌姆的生活太平静了。如果我没有在米利都设计方格子，伯里克利为什么要聘用我？”

坐在酒桶旁边一个座位上、留着波浪长发的大胡子男人举起了手，就像个小学生。帕纳戈拉立刻承担起老师的角色，颇具权威地向他一指：“安提斯泰尼（Antisthenes），苏格拉底的学生。站起来回答这个问题。”

“你写了《城市规划要素》（*Elements of City Planning*）。伯里克利对这本书大加赞赏。你把城市土地分为公有、私有和圣域，把城市看作是由各部分组成的单一综合整体——苏格拉底认为这是革命性的。”

安提斯泰尼对这个问题很有了解。苏格拉底针对希波丹姆斯说了很多，而安提斯泰尼巧妙地选择了更好听的那部分。苏格拉底还认为，希波丹姆斯关于社会工程学的理论，用他的原话来说，是“一个无所不知的人在没有实际经验的情况下试图参与政治而产生的狂想”。这种批判是针对希波丹姆斯想把市民划为三个阶层——工匠、农民和士兵的构想。“要怎么阻止士兵轻而易举地接管整个国家？”苏格拉底提出疑问。安提斯泰尼想把这个问题提给希波丹姆斯，帕纳戈拉抢在了他前面。

“谢谢你，安提斯泰尼。你可以坐下了。”她说。随后她转向希波丹姆斯：“我们的苏格拉底对你表达了赞赏，虽然是通过转述。你怎么说？”[1]

“给我多倒点酒吧。”希波丹姆斯说，“如果我在这里继续谈论城市规划问题是为了娱乐在座的各位先生，你们就应该请我喝酒。这才公平。”

希波丹姆斯是米利都人尤瑞纷（Euryphon）之子。他发明了将城市分割成若干街区的规划方法，并以这种方式设计了比雷埃夫斯港。他的生活方式有些古怪。有人认为他是个花花公子，因为他喜欢戴昂贵的首饰，还留着一头飘逸的头发。但是无论什么季节，他都穿着廉价且温暖的衣服。他希望人们将他视作在科学方面广识博学之人，同时他也是首个在没有任何实际知

---

1 在这里，我把亚里士多德反对希波丹姆斯的论点交给苏格拉底，这可能是争论最初的来源。

识的前提下，试图对什么是最好的社会结构这一问题发表意见的人。

亚里士多德《政治学》2.1267b18

希波丹姆斯又喝了一杯，便开始复述显然已经讲过几十遍的话。“首先，不要假设城市是完整的。它是一个有生命的实体，就像一棵树。它会生长和改变。必须考虑到这一点。所以规划的时候要灵活。建造房子的基本单位是砖。城市建设的基本单位是街区，由从北向南、从东向西的大路连成。

“现在，我们的目标是让重要的建筑位于中间，相互间隔开避免交通阻塞，主干道要贴着这些建筑，而不是穿行。看看雅典市集一片乱糟糟的样子，再看看希波丹姆斯市集。以我的名字命名的市集，主干道是绕行的，因此不只有一条，而是有两条，一直通向阿尔忒弥斯神庙。道路宽 60 肘尺，完全可以容得下节日游行的人群，或是任何想在这里举办的活动。”[1]

希波丹姆斯没有提的是，比利克里并不相信港口的民众会绝对守规矩，这里满是土匪、商人和外国势力。所以，他让希波丹姆斯把路修得又宽又直。这当然有利于交通，但把

---

1 Xenophon, *Hellenica* 2.4.11.

路修宽的真正原因是为了让暴乱和叛乱的人很难在这里建起路障。而且，这条路足够宽，就可以让一队重装步兵排着整齐的队形直接进驻。

这最后的一点原因自然会让不守规矩的人不舒服，也就是听希波丹姆斯讲话的这些外国人和外邦人。希波丹姆斯意识到这些愤世嫉俗之人随时会提出这样的观点，于是急忙用逻辑来解释建造笔直街道的原因。

伯里克利希望把比雷埃夫斯港建成一个模范城市。如果街道太过曲折，水沿着排水沟流动时就会溢出来，脏水会和干净的水混在一起流入房屋。希波丹姆斯认为，如果混蛋当局能好好维护管道，比雷埃夫斯港的供水能力要远远强于雅典阿斯托。因为街道是直的，可以铺设管道。

帕纳戈拉默默点头。她就住在希波丹姆斯式的房子里。她们一家搬进来的时候，雅典人每周都会在比雷埃夫斯港建起十栋房子，有时是二十栋。所有的建筑结构都相同：两层楼加小花园，后面有一个厨房。大家都知道卧室和入口在哪里，所以灭火比较容易，送水到家门前也更方便。她不得不承认——比雷埃夫斯港是个很适合居住的地方。无论希波丹姆斯这个人有什么缺点，作为城市规划师，他干得不错。

“那你为什么离开图利乌姆？”一个听众问道，一边圆滑地用自己的酒壶斟满了希波丹姆斯的酒杯，“是想回到雅典来批评自己的作品吗？”

“罗德岛。”规划师回答，“我要去罗德岛。总有一天，它会变成一个伟大的城市，记住我的话。”

这番话让希波丹姆斯看到了不少困惑的表情。这些旅行经验丰富的听众都知道，罗德岛算不上一座城市。它是一个小岛，山坡上杂乱无章地散落着许多村庄。

希波丹姆斯非常自得地继续道：“我受命测量这个岛，要为建城市选个地方。就像古代的雅典国王忒修斯统一了阿提卡，把雅典设为首都一样，罗德岛的村庄也在聚合成为一个城市。我要去给他们规划一番。虽然模仿我的人很多，但罗德岛的居民还是想让我这个创始人来做这件事，他们认为我是最好的。”

“模仿你的人？”帕纳戈拉脱口而出问道。然而回应更加激烈。

“没错！模仿我的人。我把这些人叫作小偷。这名字更合适。如果一个人从别人腰带上偷了钱包，就理应受到窃贼一样的惩罚。只不过他们偷走的是别人脑子里的思想——思想更有价值——他们因偷窃而获得称赞和奖赏。如果这世上还有正义的话，任何用网格规划小镇所获得的报酬都应该为我所有。”他停顿了一下，想起小亚细亚那些更古老的网格化设计。

“除了野蛮人。他们想什么完全不重要。我们不欠他们任何东西。一个国家应当奖赏那些给城市提出有益改进之处的人，就像他们奖励那些美化城市的雕刻家和画家，奖赏那些捍卫城市安全的士兵一样。但是，我的想法不仅要免费提供，之后还要被人偷走。”

安提斯泰尼又插了进来：“可钱包被偷走之后，你就没有钱包了。想法被人窃取之后，你自己还保留有这些想法吗？这就像我从你家的壁炉里借火点燃了自家的炉火。我取走了火焰，可你依然拥有它。”

“我算知道你为什么是苏格拉底的学生了。”希波丹姆斯怒吼道。

“除此之外，奖励想出好点子的人是有风险的，风险在于我们创造了一个好点子市场。这里是雅典。我们拥有各式各样的好点子。但如果一个人对自己的想法三缄其口，把点子卖到底比斯或科林斯去换个好价钱怎么办？”

为给国家发现有价值内容的人予以奖励的想法听起来不错，但会制定出危险的法律。它会鼓励告密，甚至会导致政治动荡。

亚里士多德《政治学》2.1268

在场的人咕哝着表示赞同。一部分人又开始喝起酒来，另一些人向彭塔克斯点了晚餐。房间里响起私人谈话声。希波丹姆斯显然失去了听众。这位城市规划师站起身来，夸张地显出尊贵的样子。

“我看在这里也是浪费时间。这个城市有的是地方欢迎赞赏我。我在这里耽搁太久了。顺便说一句，这酒可真难喝。”希波丹姆斯在帕纳戈拉面前扔了几个奥波，在暮色中悄悄走了。

安提斯泰尼的评价

（后成为犬儒派著名哲学家）

他住在比雷埃夫斯港，为了听苏格拉底演讲，每天都要步行五英里到雅典去。

……

作为外邦人，他对雅典人的装腔作势嗤之以鼻：“在这里土生土长又如何？蜗牛和无翅蝗虫不也是如此？”

第欧根尼·拉尔修《名哲言行录》6

智慧超越教养之人。

西塞罗（给阿提卡斯 12.36）

一条真正的狗。

柏拉图（第欧根尼·拉尔修 6.2）

夜晚的第一个小时

（18：00—19：00）

交际花梳妆打扮

塔格利亚（Thargelia）小心翼翼地把一只小牛皮拖鞋套在娇嫩的脚上。“我喜欢奥托吕科斯（Autolycus）的性格。”她说道，“只不过他不够聪明，没办法参加会饮。”

阿斯帕西亚（Aspasia）仔细地打量着年轻的学生。塔格利亚知道阿斯帕西亚喜欢自己，是因为她和曾经指导过阿斯帕西亚的老师，一个交际花同名。除此之外，阿斯帕西亚从上一个塔格利亚的错误中学到了很多东西。那位塔格利亚一共结了十四次婚，创下了雅典人结婚次数的纪录。阿斯帕西亚自己结过两次婚。

一位是羊毛商人莱斯科（Lysicles），他在卡里亚（Caria）向不配合的雅典人征税时被杀。在此之前是雅典的领袖伯里克利，他死于斯巴达战役中蔓延的瘟疫。不过，说“结婚”可能不太合适，作为来自城市顶级阶层家庭的雅典人，伯里克利不能娶外邦人（阿斯帕西亚是米利都人）。

但是，伯里克利觉得阿斯帕西亚非常善良热情（这也是阿斯帕西亚这个名字的含义），于是与前妻离婚，与阿斯帕西亚过起了幸福的非婚生活。在伯里克利统治雅典的时候，许多人怀疑阿斯帕西亚是伯里克利背后的人。即便到了现在，人们仍然认为阿斯帕西亚比当政者更能管理好这座城市。

米利都的阿斯帕西亚，智慧的典范，是令人钦佩的“奥林匹亚人”（伯里克利）爱慕之人。政治智慧与洞察力，精明与慧眼（都属于她）。

琉善《论肖像画》（*Portrait Studies*）27

克拉提努斯（Cratinus）称其为“跨越了羞辱的妓女。”

普鲁塔克《伯里克利传》24

不过年轻的塔格利亚对此并不感到惊讶，她今晚要在会饮上作陪雅典最顶尖的哲学家和政治家。她是阿斯帕西亚一

手挑选出来的，她清楚地了解在场所有人的性格和怪癖。明天等她回来后，她会详细汇报谁说了什么话，哪些关系看起来很牢固，哪些联盟会分崩离析。

“别管奥托吕科斯。”阿斯帕西亚突然对学生说道。

今晚塔格利亚的目标是尼科拉图斯，他是尼西阿斯的儿子。尼西阿斯和亚西比德目前是雅典地位最高的政治家。通过自己和苏格拉底的友情关系，阿斯帕西亚密切关注着亚西比德。这并不困难，因为亚西比德把苏格拉底视作神父一般的人物来倾诉。但要想知道尼西阿斯的想法就很困难了。这位老政治家精明且多疑。如果适当引导一下，他那好色的儿子可能会在醉醺醺的情况下说出点什么。这就是为什么塔格利亚今晚要和他在一起。

“但奥托吕科斯听上去是个好人。我能跟着他吗？”塔格利亚抱怨道。

“不行。跟紧尼科拉图斯。”

“奥托吕科斯可能确实有点愚笨。一句话如果很长，他就会感到困惑，而他对机智的理解就是把酒倒在别人的裤裆上。”鉴于他的外表也不太吸引人，塔格利亚和他在一起完全是浪费时间。无论如何，这还会惹得卡利阿斯（Callias）不高兴。他是今晚活动的主办人，名义上是为了庆祝奥托吕科斯在奥运五项全能比赛中获胜。但实际上，他自己的目标就是奥托吕科斯，他绝不会想遇到竞争对手。

阿斯帕西亚从衣架上递过来一件衣服。这件长袍明显是精心挑选过的。长袍是黄色的，开衩直到大腿，衣服剪裁得很好，可以在不经意间展示塔格利亚的胸部。参加会饮的女孩要打扮得漂漂亮亮，但看起来要得体，不能显得粗鄙。

阿斯帕西亚提醒塔格利亚要谨慎。要让尼科拉图斯选择塔格利亚，不要让他感觉自己是目标。他喜欢聪明的女人，但是是有限度的聪明。不要话太多，要持续注视着目标人物，直到对方明白了暗示。咀嚼食物时要缓慢而优雅，不能像老鼠一样把脸颊塞得鼓鼓的。

这次不能再和剧作家纠缠了——尽管塔格利亚认为自己足够有能力，也非常想这样做［她和剧作家的矛盾发生在上一场会饮上，塔格利亚给剧作家阿利斯塔克（Aristarchus）倒了一杯葡萄酒。阿利斯塔克说酒冰镇得很好，女孩微笑着回应说："哦，我把它拿到你的爱情戏里冰镇了一会儿。"话很俏皮，但由于塔格利亚缺乏自制力，永远地失去了一位富有的情人[1]］。

想让奥托吕科斯顺从自己，卡利阿斯要他喝不掺水的酒。阿斯帕西亚告诉塔格利亚，喝酒要小口喝，不要整杯灌进去。即便只是微醺也会让人丧失理智，会饮上醉酒的女人不会受到任何赏识。[2]

塔格利亚毫无怨言地接受了阿斯帕西亚的所有建议。想

---

1 事实上，这段玩笑是交际花格纳泰纳（Gnathaena）对剧作家狄菲卢斯（Diphilius）所说，引自阿特纳奥斯《博学者的飨宴》13.43。

2 以上所有建议摘自琉善《交际花的对话》（*Dialogues of the Courtesans*）。

要得到阿斯帕西亚的亲自指导，就要每天遭受批评，这就是代价。雅典的智者们认为，阿斯帕西亚比苏格拉底更适合当老师。阿斯帕西亚教出了伯里克利，而苏格拉底的得意门生却是令人憎恶的克里提亚斯。[1]

“梅塞纳翁（Messenaon）最近怎么样了？”塔格利亚穿衣服的时候，阿斯帕西亚问道。

交际花在肩上别着一枚半扣胸针，手顿了一下。她怀疑阿斯帕西亚对自己和爱人分分合合的事一清二楚，只是找个话题打发时间。

“如果一个交际花的家计能用眼泪维持下去，那我一定会过得很好。每次我说要离开他，都有无尽的眼泪流下来。这份工作需要钱、衣服和珠宝。找个女仆来照顾我的基本需求不算过分吧？我在莫瑞尼斯（Myrrhinus）[2]没有家产，寒酸的梅塞纳翁只在乡下有点家产，我也没有银矿的一毛钱股份。我的生活只能靠那群傻瓜爱慕者维持。”

她从梅塞纳翁那里只收到了一副耳环、一条项链，以及一条令她十分尴尬的塔林敦（Tarentum）长袍。她相信如果自己向他索要贵重的礼物，他会控诉她密谋火烧船坞，或是有其他严重违法的行为，只为了摆脱她。[3]

---

1 Alciphron, *Letters* 34.

2 莫瑞尼斯：雅典城的一个区。——译者注

3 主要引自“Petale to Simaleon”, Alciphron, *Letters* 57.

竖琴演奏家和中年仰慕者

是否有稳定的情人是区分交际花和妓女的重要因素之一。雅典女性不能做交际花，这样男性可选的妻子会变少，但这个职业本身并不带有耻辱的色彩。就连普通妓女也不会因为做钱色交易而受人鄙视——雅典人认为这件事完全合法——她们只会因为有固定的雇主、皮条客或老鸨而受到鄙视。

在雅典，如果一个人只为一个雇主打同一份工，那么他的地位仅比奴隶稍微高一级。奴隶完全仰仗主人提供食物、住所和衣服。如果一个人用同一份工资支付食物、住所和衣服，那么他和奴隶确实没什么不同。理想的情况是，人靠自己的资源生活——投资或家族产业。如果做不到这点，就要在市场上用技能或身体谋生。苏格拉底从学生那里收到谢礼，作为智力上获得启发的回馈。没有人会瞧不起塔格利亚，她用自己的身体为许多人提供了刺激的感受。

有一次，一个说教者批评交际花毁了年轻人的道德，她冷静地回答："他们是被交际花毁了，还是被政治家或哲学家毁了，这重要吗？"青年男性喜欢女性陪伴（大多数青年男性——倾向于自身性别的那些——有很多年长者可供选择）。但是雅典贵族男性到了三十多岁才会结婚，在此之前，他的选择是妓女、交际花或禁欲。

甚至年纪更大的已婚男性也喜欢交际花的陪伴。她们是雅典社会生活中的重要组成部分。梅塞纳翁和塔格利亚对此都很清楚。但交际花和情人们之间的关系相当紧张。一方面，与任何自由市场一样，竞争存在危险。如果情人的陪伴和礼物不够，或者有更好的主顾占用了更多的时间，交际花会毫不犹豫地甩掉旧情人。

对交际花来说，理想的护花使者应当年轻、英俊、慷慨、聪明、好脾气。遗憾的是，这个物种已经被捕杀殆尽，占有以上两项优点的人都会成为交际花们疯狂争夺的对象。她们很清楚，如果自己的魅力和风趣有所衰减，这些男人会移情别恋抛弃她们。自由市场不是奴隶制，没人说得出哪一种更好。

塔格利亚穿上长袍，冲着阿斯帕西亚摆出漂亮的姿势。得到导师的认可后，她开始坐下来化妆。阿斯帕西亚走到她身后给她梳头。波斯女孩的头发是深色的，所以希腊的女孩们都喜欢炫耀自己的金发。塔格利亚的头发是接近自然的一种泥棕色——但基本看不到。塔格利亚会定期用醋漂白头发，然后在正午的阳光下暴晒出颜色。这件事很麻烦，阳光会让头发变得又干又脆，而且所有交际花的皮肤都是瓷白色的。塔格利亚只能在脸上涂抹橄榄油洗发水，把遮阳帽顶部的宽边减掉遮在脸上。

现在，她将小刷子浸入一个装有蜂蜜、橄榄油和木炭混合的罐子里，开始涂眼影。不要画得太重，她还会用浅粉把脸扑白，看起来闪闪动人。有些女孩涂得太多，整张脸看起来像骷髅。

“尼科拉图斯喜欢什么样的眉毛？”她问道，从未想过有什么是阿斯帕西亚不知道的。

“中间断开。”对方回答得十分干脆。塔格利亚很高兴。她不喜欢时下流行的一字眉，有些女孩会在鼻子上面把眉毛连成一道很不自然的线。她咬住一块浸了红色素的布，给嘴唇染了色，然后手持镜子用批判的眼光审视效果（这种带有十字架的手持镜子后来成了“女性”的象征符号，就像重装步兵的盾和矛象征着“男性”一样）。[1]

---

1 金星符号的象征起源于 19 世纪。在民间的说法中，关于火星符号的象征早于金星符号的象征，但也有不少人对此表示质疑。比较令人接受的一种说法是，这种符号象征是从字母 ϕ（phi，女性）和 θ（theta，男性）发展而来的，基于的事实是，金星的希腊语名字第一个字母是 ϕ，火星的希腊语名字第一个字母是 θ。

塔格利亚好奇阿斯帕西亚为什么没有选用自己的姑娘。当然，阿斯帕西亚绝不会承认她手下有其他姑娘。但作为代理人，阿斯帕西亚经营着城中最好的一家妓院之一，这是雅典公开的秘密。阿里斯托芬曾在一部喜剧中挑明了这件事，在这场戏里，两个妓女在阿斯帕西亚淫秽的屋子里被绑架。[1]

塔格利亚试探了起来："我想说，你信任我，这让我受宠若惊。"

阿斯帕西亚给塔格利亚编发的手一直没有停下："你让我想起自己年轻的时候，亲爱的。不仅是漂亮，而且聪明、有进取心。你是个会计划未来的姑娘，即使情人和容貌都抛弃了你，你也会有收入。"

塔格利亚一下子僵住了。她告诉自己，阿斯帕西亚不可能知道。不能让她知道。塔格利亚一直非常小心。

阿斯帕西亚继续兴高采烈地为晚上做准备。她把手伸进一只打开的盒子，选了几只手镯戴在女孩的手腕上。她一边戴，一边继续用轻松八卦的口吻说着话。

她告诉塔格利亚斯卡姆邦尼德地区新来了个女巫。"非常灵验，她们都这么说，尽管我并不相信谣言。但那就是交际花的模样，虽然她早晨比较清闲。也许她是向住在凯拉米克斯（Keremeikos）旁边的那个女人学了几招。"那个女人是个巫婆，但没人能证实这件事。

---

1 Aristophanes, *Archanians* 1530.

一提到凯拉米克斯，塔格利亚的手剧烈地抽搐了起来，震掉了脸上的一层妆容。阿斯帕西亚一边帮她补妆，一边发出啧啧的声音。她没有看到塔格利亚手的颤动，没有任何表示，而是继续喋喋不休地说着。

“向巫婆讨教不是件坏事，但我还是觉得她太依赖药物达到控制人心智的效果，忽略了传统的人际关系管理。而且她的莨菪价格太贵了。其实你自己也能买得到，你知道的，在希瑞雅迪（Ceriadae）外面的农场里就有。那里有个叫艾利翁（Aelion）的农夫。你可以告诉他，是我让你去找他的。”

“不要用莨菪来施展巫术。结果会很糟糕，非常糟糕。很多法律都限制了这件事。”

两个女人都知道，如果斯卡姆邦尼德的女巫身份暴露了，她会受到法律的追捕，会经受拷打和非常痛苦的处决。

令人沮丧的是，塔格利亚明白了阿斯帕西亚为什么选自己去会饮上收集敏感信息，未来自己还会执行类似的任务。阿斯帕西亚需要一个可以托付生命的人。从现在开始，塔格利亚的命也掌握在阿斯帕西亚手中。

阿斯帕西亚

伯里克利的遗孀是个了不起的女人。作为非雅典人，她从雅典男性对妻子的家庭奴役里解放了出来。凭借着丈夫和自己的名义，她参与到公共生活中。人们怀疑她在幕后起着更大的作用。

阿斯帕西亚是如何在雅典去世的记录不详，但后世的古典作家赋予了她“被拐出米利都，在卡里亚做奴隶，并被雅典人擒获买卖”的身份背景，这部分内容已经在“奴隶们嬉闹玩乐”一章中克律塞伊丝的身上有所体现。遗憾的是，所有关于阿斯帕西亚的信息都饱含了这样或那样的偏见。

“还好！我们都对巫术没有兴趣。”阿斯帕西亚高兴地说，“你问我为什么相信你能在会饮上完成这项钓鱼的工作，获取到敏感信息？我凭的是直觉。我只看了你一眼就心想，我喜欢这个姑娘。我觉得可以把性命托付给她。准备好出发了吗？”

夜晚的第二个小时

（19：00—20：00）

无花果走私犯安排运货

农夫格洛克斯（Gerochus）走进酒馆环顾四周，想看看有没有认识的人。这很难说，帕纳戈拉只在葡萄酒罐旁边放了几盏油灯。她不喜欢把灯放在窗边，尽管这样能告诉顾客店还开着。虽然橄榄油很贵，但她这样做并不是因为吝啬，而是因为明火、橄榄油和醉酒鬼在狭小易燃的空间里很难好好相处。

所以，房间相当阴暗，饮酒人只是一个伏在杯子上的黑色轮廓，眯眼盯着骰子，或是操着充满激情的声音高声交谈——这是雅典人的特点。格洛克斯选择这个时间和地点就是为了掩人耳目。他要找的人正坐在那里——背对着房间坐在角落、头发花白的人。随行的是一个身材高大的好斗水手，只要有人胆敢坐在对面的凳子上，他就会怒目而视。

但格洛克斯溜过去拉开凳子时，水手只是点了点头，走开去找吃食去了。格洛克斯路过时从女店主那里拿了一杯饮品，喝了一大口，完全没有理会对面的男人。

显然，“内里亚德号”及时进港了。不可否认的是，这可比格洛克斯赶到酒馆的过程复杂得多。帕利奥纳托本以为这次会面会提前一个小时。

但是，格洛克斯也要从自己的果园赶过来。他喜欢酒馆阴暗的状态，这样别人就认不出他来了。只要有人发现帕利奥纳托是个水手，他们的事就会暴露：种植无花果的农夫和水手明显是在搞走私的勾当。如果当局怀疑格洛克斯从事非法活动，那么对所有人来说，事情都会变得复杂起来。

格洛克斯知道帕利奥纳托一定觉得这些预防措施小题大做。毕竟，这位老水手住在两个海域之外，和雅典人没什么交情。但是，他自己很可能被港口的行政人员或其他水手认出来。实际上，只要酒馆老板细心观察就会发现，格洛克斯在和一个皮肤晒得黝黑的人说话。天黑以后是绝佳的交易时间。只要涉及出口人们钟爱的无花果，雅典人可没有半点幽默感。

帕利奥纳托沉默了一会儿，然后问道：“今年的无花果怎么样？”

格洛克斯耸耸肩。现在下结论还为时过早。季节气候还在变化，最近雨水不多（如果在果实成熟时下雨，果子就会裂开）。但格洛克斯的无花果头一茬收获还不错。如果一切顺利，夏末的时候会丰收。“一切都挺好。”他回答，“我这儿永远都有你的无花果，多亏了我的小黄蜂。”

格洛克斯所说的是无花果树和黄蜂之间不寻常的共生关系。每种无花果树都专有一种黄蜂在树上生活繁殖。无花果并不是真正的果子，而是一种特殊的隐头果（syconium）。在这样的隐头果里，小小的无花果花朵在黑暗中开放。它们通过体形同样小巧的无花果黄蜂授粉，雄蜂和雌蜂从两颗隐头果中会合到一处交配，从而完成授粉。无花果的“果实”实际是一颗隐头果中包含了许多单籽小果子。

无花果黄蜂的寿命很短（但好在生活环境非常甜美），只有几周甚至几天。这影响了人类的发展，为了维持昆虫与果树共生，无花果树是少有的几种全年结果的植物之一，大部分果实在春天和夏末成熟。由于无花果树的产量比较稳定，它也是最早被驯化的植物之一。早在麦田出现前数千年，就已经出现了无花果园。

第一批无花果是从中东运到希腊的。事实上，格洛克斯果园里的树名“卡里卡无花果”（Ficus carica）说明希腊人相信这些树源自小亚细亚的卡里亚地区（Caria）。但对于格洛克斯来说，他的无花果完全是希腊土生土长的，是酒神狄俄尼索斯赐予感怀民众的恩赐。无花果甜美可口，既是奥运冠军的最爱，也是有助病人康复的好食材（这一点并不奇怪，无花果富含纤维、维生素和矿物质）。

“那按照往常的样子装船？五分之一鲜果，其余的风干？”

帕利奥纳托所说的“鲜果”是指他出海当日摘下的果子。他要带着这些易腐烂的货物穿越爱琴海，直接运到基齐库斯（Cyzicus）的市场上。一旦遇到恶劣的顶头风，这些财富就会在手里腐烂。无花果越新鲜，保存时间就越长。但即便是最新鲜的无花果，最多也只能保存一个星期。

即便在雅典，新鲜的阿提卡无花果也是一道美味佳肴。果子尝起来很美味，但会很快腐烂。无花果只要从树上摘下来就会停止成熟，所以采摘时只能摘熟透的果子。随后就是争分夺秒地送到市场上。多数无花果都是风干的，格洛克斯也比较喜欢这样。如果没有讨厌的人、有害的动物靠近，无花果干可以储存长达一年之久。与大多数水果不同的是，无花果无论是风干的还是新鲜的，营养价值几乎相同。

把无花果干装上“内里亚德号”要容易得多。为了这个目标，几个月来，格洛克斯陆续把木桶藏进果园工棚下面一个隐蔽的地窖里。无花果鲜果就比较麻烦了。“内里亚德号”出海的当天，格洛克斯会把果园里所有熟透的果子全部摘下来。成熟的果子需要仔细检查——果子在挤压时会感觉有点软，有时果皮裂开，会露出果肉。

要是无花果的数量够，那也只是将将够数。斯巴达人入侵时砍伐了他心爱的果树，每每想到这里，格洛克斯就会泛起痛苦的仇恨。那些都是成年的果树，比人高好几倍。有些已经有百年的历史，曾给格洛克斯、他的父亲，以及前几代人带来了丰厚的收获。但这些全都被毁在斯巴达重装步兵一场毫无意义的侵略中。愿诸神诅咒他们。

直到今年，这些新树才开始结果。格洛克斯不禁泪流满面，他从倒下的树里选了两年生的枝条，精心修剪的枝条会长出新树来。这花了他四年的时间。四年来，他白天干活，晚上做看护，果树才终于结了果子。即便如此，格洛克斯还需要等上八年时间，他的果园才能恢复正常的果量。

收到货之后，帕利奥纳托会支付现金。即便他想要早付款（实际他不想）也付不出来，因为此时他还没有拿到粮食商人支付给他的银子。但格洛克斯至少可以拿到雅典的铸币作为报酬——纯银铸造的猫头鹰币。

古雅典的市场

"战争对你们这些商人来说没什么影响，对不对？"格洛克斯苦涩地说，你们可以安全地退回到攸克辛海，接受雅典海军的庇护——甚至我自己还在那里面划桨。但与此同时，我家里的生计都毁了，我却在外面保护你的财产。"

"哦，别这样。现实其实是，你们的海军忙着作战，没人来管海盗了，他们就像闻到死狗气味的苍蝇一样蜂拥而至。如果你看到地平线上有奇怪的帆船靠近，只会期盼着是海盗。他们只不过是勒索你，或者一顿砸抢，但如果来人是斯巴达人或他们的盟友，发现我带着粮食往雅典走，他们一定会当场杀了我。如果你这么不喜欢外国人，为什么要把无花果卖给我——尤其这件事还是违法的？"

这实在戳中了要害。格洛克斯之所以变成走私犯，是因为他在重建果园的过程中积累的大量的债务。在这一过程中，他并没有得到雅典政府的帮助。城市选民投票也只是为了城市居民自己的利益，乡下农民的利益似乎和他们关系不大。他们只希望新鲜的无花果价格便宜，并不在意种植者是否会破产，因此格洛克斯并不会因为把无花果高价卖出感到羞愧。无花果是他的，城里人有什么权利阻止他把果子以最低价卖给其他人呢？

明天农夫在果园忙碌的时候，帕利奥纳托会到格洛克斯的家里去。格洛克斯在工具棚里藏了几袋，方便顾客检查货物。然后他们就把价格谈妥。

价格是由几个因素决定的。首先是竞争。帕利奥纳托不是雅典唯一一个不介意在归途时捞点值钱货的商人，即便这些货物是非法的。

但是，多数商人只能在这里藏一袋，或是在那边的桶里和咸鱼混装——只有“内里亚德号”才能运这么多，这点格洛克斯和帕利奥纳托都知道。此外，随着酒神节的到来，市集上有很多好货。即便这次带一船意大利斗篷和西西里奶酪回家，帕利奥纳托依然有赚头。

但格洛克斯知道，水手一定会来验货，毕竟没有任何合法的货物可以获得这样的利润率。他提供的是高质量的无花果，因为这次的果子产自自己的果园。他甚至可以在家里给帕利奥纳托留一碗做检查用。

自两年前格洛克斯开始为“内里亚德号”非法安排无花果的货源，这样的检查就变得十分必要。当时他自己的树还没有长成，只能通过乞讨、借用或偷窃的方式在阿提卡的各个农场间寻觅，他甚至还跑到皮奥夏边界处的岩石峡谷里从野生树上摘果子。

多疑的帕利奥纳托要了一碗水，随便挑了一个新鲜的无花果，用水手刀切成两半，把两瓣无花果面朝下放在碗里。格洛克斯悲伤地看到一只小蛆很快从果子里挣脱出来。接下来的五分钟，其他虫子都出来了，帕利奥纳托把无花果拿出来的时候，碗里大概有二十来只蛆，有的像沙粒一样小，有的几乎和小指甲盖一样长。

陪审团的先生们，很多人来找我，对我来到议会控告商人表示惊讶。他们说，不管他们有什么罪，出言抨击他们的人都是马屁精。

吕西亚斯22《控告粮商》(*Against the Grain Dealers*)序言

“萨索斯岛上的商人教给了我这个把戏。”帕利奥纳托显得相当健谈，“当时我的利润被削减了四分之三。这些蛆看起来和果实中的白色纤维一模一样，只有当它们快淹死的时候才会逃出来。你知道这件事吗？我相信你肯定知道。”

帕利奥纳托拿起一个无花果干，用小刀刮去一层。他把半透明的果皮拿到灯光下，演示如何检查无花果干。这些果皮显示果实惹上了果蝇蠕虫和一些其他的幼虫，此外还有死掉的水果甲虫。

于是，双方协议重新谈判，价格大幅下跌。在这种情况下，格洛克斯只能把这些无花果卖给粗心的雅典人了。从那时起，他对质量的要求就变得非常严格。这一次，无花果是从格洛克斯自己的果园采摘的，他迫切地想要炫耀果实的品质。

帕利奥纳托微笑起来。格洛克斯对自己曾经供应了不合格的农产品深感尴尬，双方都知道这次的无花果肯定好吃。

格洛克斯想，帕利奥纳托可能正期待着在回国的路上享用几个。

开动时间取决于船只休整的进程，不久之后的一个夜晚，“内里亚德号”会悄悄驶近帕列隆的海滩，格洛克斯会带着这些非法的桶在沙丘上等着。每个人都要加快速度，把桶滚到海滩的湿沙子上，用手把它们推进货舱。然后，他们会小心地在走私的货物中摞上几袋无花果鲜果，并且完成大宗的银币交易。

整件事要在几分钟内完成。那天晚上海滩上不应该有其他人，如果有，也只能是其他小农场主。这些人知道过去几年格洛克斯过得有多艰难，不会向当局告发走私的事。没人愿意背上告密者的名声。这样做的人被称为“马屁精”（sycophant，即“无花果告密者”），他们不受欢迎。

城市的特权让人准备好对违法者进行起诉。我只希望公众能心存感激。事实恰恰相反。任何冒着不受欢迎的风险，为公共利益服务的人都会被视为马屁精，而非爱国者。

来库古（Lycurgus）《诉列奥克拉特》（*Against Leocrates*）1.3

生意谈完之后，格洛克斯首先离开。他喝完酒站起来，漫不经心地环顾四周，看看有没有人在偷听他们的谈话。酒馆的二老板彭塔克斯站在酒壶旁，手里拿着一块布，面孔在灯光下神秘莫测。但这不是问题，彭塔克斯和帕纳戈拉知道比雷埃夫斯港所有的秘密。当他在黑暗的街道上向家走去时，格洛克斯不禁微笑起来。也许事情都会顺利解决。

夜晚的第三个小时

（20：00—21：00）

斯巴达间谍发现宝藏

梅吉斯忒斯（Megistes）毫不掩饰自己是斯巴达人。然而，由于已经回不去了，他认为延续斯巴达式清苦的生活是没有意义的。

斯巴达人是指斯巴达的战士阶层。他们不耕种，不做生意，不做任何事，一心只为战争做准备。这包括了长期的体能锻炼、洗冷水澡、吃糙粮，每个有过这样经历的访客都会若有所思地评价："现在我明白为什么斯巴达人不怕死了。"

梅吉斯忒斯曾经就是这样的斯巴达人。但是外面的世界腐蚀了他。在一次出访色雷斯的外交活动中，梅吉斯忒斯发现自己并不喜欢醋味的葡萄酒和砂纸质感的毛毯。用奶酪和蜂蜜做的长鳍金枪鱼比斯巴达臭名昭著的"黑肉汤"好吃得多。梅吉斯忒斯喜欢这样的世界。于是，他开始盘算起退休生活。

他出访色雷斯的外交任务中包括将一只漂亮的有狩猎浮雕图案的金碗送给那里的国王。遗憾的是，雅典人对这个国王也有自己的盘算，他们安排对这位亲斯巴达的君主进行暗杀。

等到梅吉斯忒斯抵达冰冷的接待处时，国家已经换了管理者。在这种情况下，斯巴达大使认为没必要把碗献给新国王了。他悄悄把碗卖给了当地的商人，换来两只装满银子的小宝箱。

随后，梅吉斯忒斯派了一个奴隶去斯巴达送信，色雷斯国王已经收到了碗。不幸的是，国王几天后被暗杀了。碗不见了，斯巴达的示好打了水漂。

在这之后，梅吉斯忒斯来到雅典。他打算用这笔钱在意大利南部买一个养马场，或是在以弗所（Ephesus）的娱乐场所旁边买下座小庄园。

斯巴达人用青铜打造了一只碗，碗的边缘雕刻着图案。这只碗的容量是2700加仑[1]。他们想以此作为礼物回赠克洛伊索斯（Croesus）。不料这只碗并没有送到萨

---

1 1英制加仑约折合4.5升。——译者注

第斯（Sardis，克洛伊索斯在这里建有宫殿）……

据萨摩斯人说（碗最后流落到这个岛上），斯巴达人送来得太晚了。大使们发现萨第斯和克洛伊索斯已经被（波斯军队）控制了，便把碗卖给了萨摩斯人，买碗的人将其献给了赫拉神庙。

卖碗的人回到斯巴达后，声称是萨摩斯人把碗偷走了。

希罗多德《历史》1.70

随后，在去往雅典的路上，梅吉斯忒斯遇到了携带斯巴达当政者短讯的信使。短讯要求他立刻向斯巴达汇报情况。梅吉斯忒斯很快意识到，自己派往斯巴达的奴隶肯定背叛了自己。在斯巴达等待他的只有审判、定罪和死刑。这只碗非常珍贵。

梅吉斯忒斯变成了流亡者。鉴于斯巴达的势力范围很广，当政者脾气又很暴躁，梅吉斯忒斯决定留在雅典，因为雅典是坚定的反斯巴达一派，而且有不少娱乐场所。

帕纳戈拉的酒馆并不算是个放荡的好地方，但今天梅吉斯忒斯在酒馆后面租了个房间举办私人派对。这个房间有个好处，它有一扇独立的门朝巷子开着，这就方便了年轻女孩在父亲没看到的时候偷偷溜进去。

梅吉斯忒斯到得有点迟，因为他花了点时间观察酒馆后面的小巷，确保没有人跟踪他想要见的人。这个人并不是多么招蜂引蝶的人，而是个身材矮小、秃顶、大量出汗的家伙。

“你迟到了。”梅吉斯忒斯拿起凳子，听到对方发起牢骚。

他把手伸进束腰外衣里，在桌上扔出一个拳头大小的皮袋子。随着一声沉重的巨响，硬币叮当作响。秃头男人用恐惧、贪婪的目光盯着袋子，直到梅吉斯忒斯不耐烦地扬起眉毛。

男人仔细环顾了房间，屋里只有一个用帘子隔开的橱柜、一张桌子、一条长凳和一盏油灯。他满意地从肩上解下背包，推到梅吉斯忒斯面前。

“一小时后必须还回去。”

梅吉斯忒斯小心翼翼地打开背包，秃顶男人拉开橱柜的帘子，拿出酒瓶和两个陶杯。他倒了些饮品，梅吉斯忒斯却对此视而不见。就是它。斯巴达花了无数时间和金子想要拿到的消息。

这个秃顶男人是军械库的高级书记员。雅典舰队在军械库的洞穴式大厅内接受检修。雅典三列桨战船的部署也记录在此，把记录和船只放在一起保存比较方便。

此外还有更多，更多的信息。这里面有一份军事支出和预算的账目清单。有一份盟军名单，以及雅典从属国的军事预备力量。要不是有多年斯巴达式的艰苦训练，梅吉斯忒斯

斯巴达勇士在竞赛场上训练

从这份宝藏中抬起头的时候，绝不可能维持住面无表情的状态。

“就这些吗？”他问道，好像这不是他要找的东西一样。

梅吉斯忒斯是个间谍。间谍活动在希腊世界是件碰运气的事，但斯巴达人比大多数人做得都要专业。事实上，梅吉斯忒斯从小就开始接受这方面的训练。一个多世纪前，斯巴达占领了邻国美塞尼亚，通过激烈的镇压和恐怖统治控制着这个国家。

每年，国家都会从斯巴达式教育（agoge）——一种斯巴达特有的训练青年战士的教育体系——中选出最优秀的年轻人。选出来的年轻人会被送到克里普提（krypteia），即秘密行动中去。克里普提的成员会以侦察员和间谍的身份被派往美塞尼亚乡间。他们要找出美塞尼亚村庄和社群中最受尊敬的那个人，然后杀掉他。无论受害者支持斯巴达还是反对斯巴达，这都不重要。关键在于，要让美塞尼亚人处于无领袖的恐慌状态，克里普提在这方面做得非常出色。

克里普提的训练十分严苛，使我们变得坚强起来。男人在冬天赤脚睡觉不盖毯子。我们没有随从，只能日日夜夜在乡间照顾自己。

斯巴达人麦基鲁斯在柏拉图《法篇》中的发言 633

展示为斯巴达大开杀戒的决心后，克里普提的成员会自动成为希皮斯（hippeis），即斯巴达精英中的精英。每年都有五个从希皮斯中退役的名额，这些人会派遣去执行侦察和间谍任务。梅吉斯忒斯就是其中之一。

利查斯（Lichas）是斯巴达人中的“行善者”。这部分人是希皮斯中年纪最大的五个人，每年陆续退休。

退休后的第二年，他们就会被国家派往各地，继续不辞辛苦地工作。

希罗多德《历史》1.67

梅吉斯忒斯一直计划着“侵吞”这只金碗，这样就可以顺理成章来到雅典了。这位色雷斯国王适时地被暗杀了，可真是幸运。梅吉斯忒斯认为这证明骗子、商人和间谍的庇护神赫尔墨斯亲自保佑了他。

目前是斯巴达的关键时期。虽然斯巴达绝不会公开承认，但雅典确实在近期的交战中获得了胜利。斯巴达有意通过战争遏制日益壮大的雅典帝国，却失败了。今天，雅典比以往任何时候都更加自豪和强大。

去年，有传言说雅典准备重新武装起来，这让斯巴达非常担心。据传，雅典打算入侵西西里。但斯巴达当局对此表示怀疑，如果雅典舰队抵达马里阿海角后突然转向北方，这支装备精良的庞大军队要是向没有围墙的斯巴达进军，情况会怎样？这个场景令人不寒而栗。

另一方面，也许雅典进攻西西里是一次鲁莽之举。在这种情况下，雅典人在数百英里之外远征，斯巴达能不能突然发动袭击？只有希腊政府过度扩张、不堪一击时，这种做法才会奏效。梅吉斯忒斯来雅典就是要找寻答案。

很多国家会以商人身份为掩护从事间谍活动，但没有谁比来自斯巴达的商人更像间谍了。斯巴达没有太多可交易的东西。这个国家的农业自给自足，货币也是谁都不愿收的铁币，斯巴达人宁愿挖出自己的内脏，也不愿从事肮脏的商业活动。但是，贪婪和腐败是斯巴达人不为人知的恶习，梅吉斯忒斯潜入雅典社会时，也小心翼翼地践行了这一刻板印象。

塞勒斯说："现在听好，现在有件事你既可以帮到我，也算帮了你的同伴们一个大忙……如果你能去敌人那边，假装你是从我这里逃走的，他们可能会相信你……然后你就能获得敌人完整的信息并且回到我们这里。如果我判断得没错，他们会相信你，你会知晓他们所有的计划，这样就不会遗漏我们想知道的所有东西。"

色诺芬《居鲁士的教育》（*Cyropaedia*）6.38

他看着这些卷轴，心里暗暗兴奋震惊。这么多人，这么强大的舰队，这么多黄金！他仔细看了预算，发现花在贿赂西西里政客身上的金额相当巨大。其他探子也汇报观察到叙拉古城墙和军事力量的动态。对西西里各主要港口也有详细的描述。雅典在策划的真是一次莽撞的行动。

尼西阿斯和拉马克斯（Lamarchus）

尼西阿斯已经五十多岁了。他出生于一个贵族家庭，和志同道合的伯里克利关系很好，伯里克利帮助他提升了政治地位。雅典的民治制度乐于选举贵族担任高官，只要他们愿意用自己的财富和影响力为国家服务，就可以担任高级职务。尼西阿斯是众多公众活动的支持者，他赞助了至少一位酒神节剧作家。

尼西阿斯是军队喜欢的那种将军：为人谨慎，除非一定会取胜，否则绝不在战争中冒生命风险。在两次大战间歇的这段相对平和的时期，尼西阿斯积极参与政治活动，努力维持和平，他主要负责与斯巴达进行斡旋。

尼西阿斯的主要对手是亚西比德，后者希望通过战争提振声誉。亚西比德策划了进攻西西里的冒险计划，遭到尼西阿斯的反对。正如前文描述，无论是在城市之间还是国家内部，斯巴达的“和平”充满了阴谋。

拉马克斯是尼西阿斯的盟友。他出身贫寒，但不妨碍他成为雅典将军的人选。

这是个好消息。梅吉斯忒斯一卷一卷翻动着卷轴，凭借训练有素的记忆力把一列一列的数字记在心里。坏消息是，

雅典有足够的力量和资源在两条战线上作战，至少在一段时间内是如此。梅吉斯忒斯从卷轴上方瞥了一眼秃头男人，他已经喝到第三杯酒了。“这些卷轴可能是假的。”

“你自己好好看看。”书记员阴沉地说，“你肯定还有别的消息源吧。”

这是真的，实际上梅吉斯忒斯相信这些卷轴是真的。整份材料出自多人之手，根据墨水和纸莎草的年代来判断，已经有些年月了。此外，最近的出入记录显示，有一个中队的三列桨战船奔赴色雷斯，梅吉斯忒斯的耳目当天早晨注意到了这一动向。

间谍在一块蜡质平板上记下最关键的细节，他做出了一个决定。他要回到自己的房间，花一个晚上默写下记住的东西。清晨，他会拜访银行家，为祖国斯巴达取回剩下的银币。随后他会回到斯巴达，亲自向大家汇报情况。梅吉斯忒斯获得的资料至关重要，他要一举完成自己的使命。

他若有所思地看着促使这一切发生的小个子男人。梅吉斯忒斯的腰带后面藏着一把弯曲的匕首，他是个训练有素的杀手。但是……不可以。书记员必须把文件准确放回原处，不然雅典人会知道自己的计划泄露了。这个书记的薪酬不菲，他不会拿自己的生命和工资去冒险。要让他活着。

梅吉斯忒斯匆匆离开房间后，书记员把卷轴收回小包里。小个子男人变了一副模样——麻利又称职。“你知道吗，”他对着空气说道，“一瞬间，我还以为他想让我永远闭嘴呢。”

衣柜移到另一边，传出一阵剐蹭的声音，一扇通往隔壁房间的门露了出来。两个人弯腰走过来，走到书记员旁边。一个五十多岁的人说：“如果真是这样，希望你能理解。我们必须把消息传给斯巴达人。”

帕萨尼亚斯

这个引诱间谍进入监听室的场景来源于同时代斯巴达的真实事件，修昔底德将它记录了下来（《伯罗奔尼撒战争史》1.133）。斯巴达将军帕萨尼亚斯与波斯人勾结。给波斯人送信的中间人请来了斯巴达五督政官，当他与帕萨尼亚斯交谈时，五督政官在隔壁的密室听着，就此在第一时间得知了这个人的罪行。

另一个人是老兵指挥官拉马克斯，看起来并不是很信服。显然，他觉得整场表演大费周折。如果雅典人想让斯巴达人知道什么，为什么不直接告诉他们？

事实上，事情并没有这么简单。斯巴达人天性多疑，雅典人要努力消除他们的疑虑。下午早些时候，议会派了一个信使前往斯巴达告知雅典的意图——但不知道这一消息对方会不会相信。无论雅典告诉对方自己的舰队规模如何、财政储备多少，对方都会认为是夸夸其谈。唯一能让对方相信的方法就是让斯巴达人自己去发现这件事。

按照尼西阿斯的观点，一旦斯巴达人知道雅典真的要攻占西西里，他们就会退后，他们会希望雅典和西西里两败俱伤。最后他们会瞄准胜利的人进行猛扑。但他不确定这个战略能否行得通。

总之，他已经尽力了。希望斯巴达人相信雅典足够有实力，他们会置身这一轮战争之外。至于西西里——这要看亚西比德，以及派下来和他一起指挥的人了。无论那个人是谁，尼西阿斯都丝毫不嫉妒他。

夜晚的第四个小时

（21：00—22：00）

婚礼宾客轰走闹事人

时间已经很晚了，弗尔米奥（Phormio）在想自己是不是应该给新娘父亲一个暗号，让婚礼继续进行。雅典的婚礼多多少少都有些混乱，所以对于婚礼耗到这个时候，老兵并不觉得奇怪。尽管如此，缺乏适当组织的混乱还是让他这颗偏好整齐有序的军人心有些烦躁。

事实上，弗尔米奥想，整个婚礼都推迟了，婚礼本来定在加姆兰月（Gamelion，即 1 月底 2 月初）举行。加姆兰月是举办婚礼的吉祥月份，因为它是众神之王宙斯和姐姐赫拉结婚的时候。

但是，婚姻不仅仅是一男一女的结合。这也是两个家庭的结合。这两家都是相当富裕的地主，他们的父亲都是弗尔米奥的朋友。在过去的一个月里，弗尔米奥对这对订婚的夫妇抱着无奈的同情，他一直在慢慢帮助这两位父亲在耕作、继承、财产和放牧权等问题上达成协议。而实际的订婚事宜一个下午就商量好了。

最终，这场婚礼推迟到了下个月底，即安特斯特里昂月（Anthesterion，即 2 月至 3 月）举行。这也是个举行婚礼的好月份，因为春天就要开始了。作为婚礼的宾客，弗尔米奥个人认为到了这个月，去年酿制的葡萄酒也到了能够饮用的时候。酒神狄俄尼索斯在这个月迎娶了一位安纳托利亚女王，所以从宗教的角度来看也是适宜婚配的。而且，由于经历了为期三天的春季庆祝活动——安斯特里昂节（Anthesteria），这座城市处在狂欢的氛围中，这个月份也是以此命名的。

婚礼安排在月底举行，以免和月中的庆典冲撞。在这之后，执政官们需要时间来为酒神节做准备，他们平静地把安特斯特里昂月缩短了五天，把这五天加到了爱拉斐波里昂月，酒神节就要在这个月举行（执政官可以做这样的调整，雅典城的日历是灵活的，可以根据需要增加或减少天数甚至月数。例如，对执政官来说，延长一个月等军队回来庆祝丰收就是常见的操作。今年的春天来得比较晚，所以加姆兰月延长了，还要保证安斯特里昂节在适宜的气候下举行。因此即便没有酒神节，为了保证爱拉斐波里昂月按时开始，安特斯特里昂月也要缩短）。

现在是爱拉斐波里昂月，即歌颂阿尔忒弥斯之月，婚礼上的蛋糕是牡鹿造型的（牡鹿象征着阿尔忒弥斯，就像猫头鹰象征着雅典娜、马象征着波塞冬一样）。但是酒的味道还比较淡，量多且便宜。丰富的饮品无疑增添了节日的气氛。

弗尔米奥安静地坐在一个可以看清整个大厅的角落，他注意到年轻的男宾们用一些即兴游戏、舞蹈，以及狂野跑调的歌声和长辈们开玩笑，并成功将他们激怒了。一个名叫希波克里代斯（Hippoclides）的年轻人一边怪叫着自己的名字，一边在桌子上手舞足蹈地跳了起来。这个年轻人和雅典所有的男性一样不穿内衣。

希波克里代斯之舞

希波克里代斯的舞蹈记载于希罗多德的《历史》。他的准岳父不赞成他的行为，此人是公元前600年左右雅典的统治者庇西特拉图。希波克里代斯在桌面上跳舞的时候，他的准岳父取消了原定的婚礼，他说："希波克里代斯把他的新娘跳走了。"被甩的新郎高高兴兴地回答："希波克里代斯不在乎。"当时雅典有一句流行语，关于计划好的事是否能进行下去——"希波克里代斯根本不在乎"。

男人和女人在大厅分区庆祝，但在婚宴之后（男人先吃，女人后吃）会有很多非正式的交流。适婚年纪的男人纷纷聚在酒坛旁边。弗尔米奥有个理论，牛被狼猎杀的时候，牛会形成一个严密的防守圈子，他认为二者的原理是一样的。在这里，猎人变成了适婚年纪女孩子的母亲。

弗尔米奥看到一只年轻的雄性迷途羔羊离雌性非常近，他咧嘴笑了。很快这个年轻人就会被逼到柱子旁，满怀期望的母亲们会礼貌且百折不挠地盘问他的家庭关系、个人愿望和发展前景。如果感觉比较合适，母亲会简短而发自内心地向男方推荐自家女儿的美貌和家务能力。

女儿们年纪太小，不能参加庆祝活动，但新娘除外。她十五岁，脸颊红润，身穿藏红色的裙子，留着象征已婚的短发。新娘的面纱已经隆重地摘下（这是当天活动最重要的部分，表明女孩已经来到了新家），已经没什么能遮挡住新娘将直勾勾的目光投向酒席上那些过分活跃的年轻人。

明显需要有人介入，弗尔米奥不情愿地承担了这项工作。他以添酒为理由走进人群说："真是个快乐的时刻，我们应该好好庆祝一下。我喜欢你们的热情，但最好还是稍微低调一些。新娘一家要不高兴了。"

他知道人们会采纳他的意见。雅典的年轻人对灰胡子老兵十分尊敬，尤其是像他这样脸上带着矛刺疤痕、缺一只眼睛的老兵。此外，还因为他是弗尔米奥，在上一场战争中，他是雅典最优秀的将军之一。如今他已经退休，但他作为战士和水手的名声依然在外（有件让他相当自豪的事，人们选他担任国家官员，他因为欠钱失去了资格。议会立刻安排给他一个小任务，酬劳正好等于他所欠债务的金额——这样的尊重让他格外受用）。

因此，经过弗尔米奥的暗示，年轻人们自觉地离开了。有个男人没有走，他猛地把酒杯浸在酒桶里添满，一饮而尽后露出酸溜溜的表情。

弗尔米奥

作为称职的将军和战略家，弗尔米奥今天仍作为伟大的雅典海军将领为人所铭记。尽管屡次以少敌多，弗尔米奥还是在与伯罗奔尼撒人的海战中取得了两次胜利。他的胜利巩固了雅典海军在希腊西海岸的霸主地位。公元前 428 年以后，再也没有弗尔米奥的消息记录在案。人们认为他在阿卡纳尼亚（Acarnania）参加了一场地面作战后不久去世，不过正如前文所描述的，他也可能是受了重伤，后来退休了。

弗尔米奥猜这可能是葡萄酒已经用水稀释过的缘故。俗话说，正式聚齐，第一杯是水；欢乐场合，第二杯半水半酒；真正宴会，第三杯是酒，几乎不掺水。婚礼到了现在，

伴娘帮助新娘为大日子做准备

喝的应该是烈酒了。但这第三杯酒也掺了不少水——年轻人盯着巨大的酒瓮满脸不屑，可能是这个原因。

到了这个阶段仍然不能过度放纵，这还是一个正式的聚会：派对要等婚礼队伍抵达新郎家后才会开始。那时，年长的客人们就要回去睡觉了，把夜晚留给年轻人——这并不意味着现在已经开始庆祝了。

弗尔米奥想，现在他们应该已经点燃火炬，排好婚礼队伍的队形了。尽管如此，从订婚的消息公布开始，整个婚礼一直都在推迟，这最后一环节有什么理由不推迟呢？不可否认，这种拖延折磨着他偏好整齐有序的军人之心，但弗尔米奥提醒自己，首先他不是负责人，其次婚礼宴会不是军事活动。

“等到去叙拉古城外扎营的时候，你会无比怀念这个夜晚。”他对年轻人说。客人又喝了一大口酒：“嗯，是的。亚西比德会告诉我们该怎么做的。”

如今在雅典新一批青年的心中有这样一种感觉，上一场战争中的将军充其量只能算普通人。而今，他们认为雅典拥有一位才华横溢的将军。无论是指挥战争还是外交手腕，亚西比德都是顶尖的。这些年轻人认为，上一次战争之所以胜利，是因为德摩斯梯尼的运气好。但现在，即使不得不和斯巴达人再次交手，雅典也会轻而易举地取得胜利。

但弗尔米奥不赞成。斯巴达人从来都不好对付。上次不好对付，以后也绝不会好对付。但是，亚西比德说服了雅典头脑发热的人追随自己。

上一次与斯巴达人开战的时候，没有任何城市比雅典准备得更充分。冲突并不出人意料，雅典人已经尽其所能来抵抗这场风暴。问题在于，在军事事务中，没有任何计划能在实施的过程中不出一点偏差。

弗尔米奥回应了年轻人，对方嘲弄地喝起了倒彩：“是啊，伯里克利。真是伟大的计划！”他在说“伯里克利”的时候，仿佛嘴里有什么讨厌的臭味一样。

伯里克利认为雅典不应当在阿提卡和斯巴达人作战。他把农民撤进雅典，躲在城墙后面等着，斯巴达人则在城外的田野里徘徊。虽然他们会破坏农作物，但雅典人可以很轻易地从攸克辛海靠进口粮食维持生命。

年轻人把酒杯猛地摔在桌子上，以此为中心，一道水柱嘭地升了起来。“伯里克利是错的！”

也许伯里克利可能预见到了瘟疫。毕竟，成千上万的人挤进一个城市，人们挤进每一个庭院和每一条排水沟，就像安置难民一样，疾病确实有可能接踵而来。

雅典人的策略是让世界各地的商船带来粮食，只要有粮食，船员带什么病都不重要，如此一来，疾病就在所难免了。作为一个整体规划，伯里克利的设想显然有很大的缺陷。

年轻人突然向前探了探身子，弗尔米奥不得不从熏天的酒气中往后退了一下。

“伯里克利是雅典不幸的根源！”

“请你小声一点。”弗尔米奥厉声说道，“否则我们就要出去呼吸一下新鲜空气了。这酒已经让你醉了。”

他认为这是一场婚宴，欢乐的场合不适合讨论瘟疫这样的话题——尤其是那场瘟疫。伯里克利没有料到，瘟疫杀死了成千上万的雅典人和他自己。原本计划对色雷斯发起的进攻也被取消了，因为后来连一支军队都凑不齐。他们能做的只有动用所有力量维持海军运转，他们需要海军保证生存。

在瘟疫之前，雅典正处于人民身体最健康的一年中。但是，这场疾病袭击了比雷埃夫斯港。疾病是从埃及传过来的，无论身体强弱，无论男女老少，都会染病。无论是去看医生，还是去神庙祈祷，或是什么都不做，这些全都没有差别。你有可能会死，也有可能会活下来——在那之后，幸存者认为已经没什么疾病能杀死自己了。

除了对生命的威胁之外，瘟疫使这座城市完全陷入了无政府状态。雅典人犯下了各种罪行——抢劫、强奸、谋杀——他们认为自己活不到遭受惩罚的那一天。没有人费心维持秩序，这似乎没什么意义。命运的审判已经在路上了，不如用剩下的时间享受。

估计这个年轻人当时大约十四岁。漂亮的孩子走在街上会成为性侵犯的受害者。不过他无论如何都不会想要离开房子——排水沟里有未掩埋的尸体，狗会撕咬尸体，直到瘟疫把狗也杀死。火葬场就在街上，使用破烂的家具和家用木材建起来的。每当葬礼举行的时候，都会有人在火上添加更多尸体。

并不是只有弗尔米奥注意到瘟疫没有危害到斯巴达。斯巴达人分散地住在村子里，这个好战的国家没有必要在盛夏时节把村里所有人聚集在一个城市里。最好能像雅典人处理牲口那样，把村民都赶到附近的优卑亚岛上去。

弗尔米奥将思绪从过去的烦恼拉回到眼前。“伯里克利……”他开口说，但年轻人没有让他开口。

“伯里克利！坏透了的战略家，糟糕的将军，一个烂人！他……放开我！”

瘟疫

公元前430年夏天，瘟疫袭击了雅典，这场可怕的疾病杀死了城内大约三分之一的人。这一时期的公墓标明，瘟疫包含了两种流行疾病，其中一种是伤寒的突变型。我们找到一个雅典瘟疫的目击者，修昔底德也在城里，他生病又痊愈了。此处关于瘟疫的描述绝大部分是从修昔底德的《伯罗奔尼撒战争史》2.47.1中逐字摘录的。

弗尔米奥抓住年轻人的一只胳膊。他和另一位身材魁梧的客人交换了眼神，对方挽起他的另一只胳膊。年轻人大喊大叫起来，但他们早已下定决心，如果有人惹恼了其他客人，就把他扔到外面的鹅卵石上去。

年轻人被抬起来的时候剧烈地挣扎，一脚踢向弗尔米奥的胫骨。由于他赤着脚，除了戳伤脚趾之外，没什么实际效果。这副身体扭动着向入口走去，其他参加聚会的人小心地不去看他。不过，这场骚乱也达到了目的。每个人都从社交、饮酒和享受佳肴中收回了注意力，大家形成了一个大致的共识，是时候让婚礼的队伍走起来了。人群嬉笑着挤在一起，从大厅向院子流动过去。

喝醉的年轻人自己去醒酒了，弗尔米奥走到环绕新娘的人群中——新娘似乎对新婚之夜后面的安排感到有些不安。

尽管如此，她一定也松了一口气，该来的终究要来。看到弗尔米奥返回来，新娘问道：“瘟疫真的像那个男人说的那么严重吗？他看起来真的很难过。”

“我们不应该在你的婚礼上讨论这些事。但是，是的，我知道这很可怕。伯里克利的儿子觉得自己也负有责任。这就是为什么他会表现成这个样子。谁都没有责怪他，但出于某些原因，他责怪自己。这已经不是他第一次因为喝醉从社交场合中被赶出去了。”

小伯里克利（Pericles the Younger）

根据父亲颁布的法令，伯里克利和阿斯帕西亚的私生子最初没有取得雅典公民的身份。普鲁塔克用一个模棱两可的句子暗示老伯里克利可能威胁了自己的儿媳妇。无论如何，这个“妓女所生”（普鲁塔克在《伯里克利传》24 中记录了诗人欧波利斯〈Eupolis〉的描述）的标签让小伯里克利倍感苦恼。后来，雅典议会承认了他的合法身份。与斯巴达再次开战后，他成为一名指挥海军打赢史诗般的伯罗奔尼撒之战的指挥官。但雅典人还是处决了他，因为战争结束后，暴风雨即将来临，小伯里克利命令三列桨战船驶向安全地带，没有停下来打捞水中的幸存者。

夜晚的第五个小时

（22：00—23：00）

新娘去新家

游行队伍全部站在外面。火把照亮了夜空，人们叫喊着讲笑话，附近的居民不堪其扰，也开始大声叫喊起来。但没有人真的生气。喧闹的婚礼游行是雅典人生活中的大事，一般整个社群都会很欢迎。

菲德拉（Phaedra）随着父母离开大厅。她的丈夫等在门口准备完成另一个程序，这个程序将成为婚姻契约的象征。在雅典的婚礼上，没有表达“我愿意”的环节。相反，这个过程从订婚开始，到婚礼早晨夫妇沐浴净身仍然在进行。随着时间的推移，婚姻是逐步成形的，最重要的时刻就是揭开菲德拉面纱的仪式。

现在，新郎抓住菲德拉的前臂，把她从母亲身边一把扯过来。这种“抢夺”新娘的传统源自史前时期，当时的新娘是当作俘虏或是在突袭中俘获的。菲德拉的父亲正式承认了监护权的转移："在大家的见证下，我把这个女孩嫁给你，你们可以生儿育女了。"

就这样。这里再也不是菲德拉的家了。她小时候的玩具不见了，有的送了人，有的献祭给了女神。她现在是自己家里的女主人，她的婆婆正在那里等着迎接她。她很高兴看到新家和自己的房子很近——离自己曾经住过的房子很近，她要不断提醒自己。

菲德拉想要结婚已经很多年了，她很快就要满十六岁，儿时的多数朋友已经在很久前结婚了。她们来访时，母亲会以平等的态度接待她们，只有她还是个孩子。

菲德拉要管理自己的家庭（她一直在向母亲学习），几年后也会有自己的孩子。

对于孩子的父亲，她只知道他叫凯恩迪（Caendies），是阿戈隆（Agoron）的儿子。他没有生理上的缺陷，去年在曼提尼亚那场灾难性的战役中失去了兄弟，现在是家里唯一的孩子。失去一个儿子促成了菲德拉的婚姻。凯恩迪的父母只剩下一个儿子，活在这个不确定的世界里。现在是时候养育孙子孙女了，不然家族可能面临绝户。

菲德拉知道的另一件事是，这桩婚姻会使凯恩迪在凯菲西亚区（Kephisia）拿到两英亩[1]优质农田，而且离他家其他

---

1 1英亩约折合4046.9平方米。——译者注

的田地很近。家族田地毗邻也是促成婚姻的又一个因素。

菲德拉希望丈夫能多在田里干活，尽可能少干涉她的家务事。当然，除了性以外。这件事他必须回家才行。菲德拉想知道更多关于性的事情。她害羞而深沉地看着这个男人，他仍然试探性地来挽她的手臂，引她走进院子，走到传统热闹的水果和坚果雨之中。

他们面前停着一辆骡子拉的车，它会把菲德拉送到新家去。她知道车轴有点问题，因为在仪式之前她听到父亲对此表示担心。车轴是用苹果木的残料做成的，毕竟只用一次。抵达新家之后，菲德拉会把车轴烧毁，作为自己绝不会回头的象征。

婚礼之后，她下一次公开露面很可能就是丈夫的葬礼了。鉴于凯恩迪的年龄几乎是菲德拉的两倍，即便丈夫没有在暮年之前死于敌人的长矛之下，她也自认会比丈夫活得更久。至于自己的死期，菲德拉从朋友那里听到了关于分娩危险的悄悄话。她的臀部宽如谷仓门，所以她并不担心自己会先于丈夫去世。

游行队伍摇摇摆摆地走在街上，菲德拉的母亲高举两支火把跟在车旁，这是传统。新娘旁边坐着自己的丈夫，他一句话都没有说。菲德拉后来发现，这是因为他已经害怕到僵住了。对他来说，拥有新房子、新妻子、新家庭是生活向前迈出的一大步。丈夫的沉默使得新娘可以偷听到自己母亲和一位名叫赞西佩（Xanthippe）的贵族朋友之间的谈话。

（“什么样的父母会给自己的女儿取名叫‘黄马’[1]呢？”她不禁好奇。）

“没有，他没有来。显然是因为我来了。”马车摇摇晃晃，把菲德拉推向了她的丈夫。她非常在意二人之间近距离的接触，所以错过了母亲的回应。只听赞西佩又说了起来。

“会饮之上醉酒的人听什么都认为充满智慧，而聪明人听什么都像是醉汉的言语。我答应过你会让我丈夫过来。但我让他做什么，他绝不会做什么。这个混蛋！”

菲德拉又一次错过了接下来的交谈，因为新郎有个朋友走了过来，说了一些含沙射影的话，菲德拉没有听懂。这话显然是个猥亵的笑话，因为她的丈夫以“友好”的方式打了朋友一巴掌作为回应。

赞西佩说起最近的晚餐——那顿晚餐成了全雅典人的话题。苏格拉底请了一群朋友到家里来，并且自信地认为赞西佩随时都能为六个人准备出一顿晚餐。遗憾的是，家里的储备只有一点蔬菜和羊排。

赞西佩抱怨即便自己挨饿，这些东西也不够做成像样的饭菜来招待客人。但苏格拉底说：“如果他们是真朋友，就不会在乎。如果他们不是，那我才不在乎他们。”

苏格拉底没有考虑赞西佩的想法，这关系到她作为女主人的声誉。菲德拉认为，尽管苏格拉底在很多方面都很特

---

1 赞西佩（Xanthippe）这个名字在当时的希腊很常见，是“黄马”的意思。

狂欢者搭上了新娘的车

别，但他仍然是个雅典男人。

赞西佩对菲德拉的母亲解释，事情并不像谣言传的那样，夫妻俩根本没有为此争吵。正如苏格拉底经常说，吵架要两个人一起才能吵得起来，而他不会和妻子打架。在这种情况下，赞西佩吼得越厉害，苏格拉底越平静。最后，在赞西佩用壶砸他的脑袋之前，苏格拉底就已经被扔出了房子。

菲德拉看着母亲，她想看看母亲听到妻子把丈夫扔出门去这种惊世骇俗（但非常棒）的想法后如何作答。遗憾的是，她的母亲转过身去，只能看到她脑后藤蔓一样缠绕的发髻。赞西佩的脸在火光的照耀下显得十分真诚，她继续说起和这位众人口中的“雅典牛虻”一起生活的恼人事。

有一次，苏格拉底坐在院子的长凳上。赞西佩从楼上看，街上来了一些崇拜者与他交谈。他正要邀请他们共进晚餐。那么赞西佩能做什么呢？她提了一桶水，往他头上轻轻一倒。

菲德拉的母亲震惊地看着赞西佩："苏格拉底是什么反应？"

"你没听说吗？"赞西佩酸溜溜地说，"他只是抬头看了看说：'好吧，打雷之后，就要下雨了。'从那以后，每个人都向我重复这句话——简直比拿棍子戳我屁股还难受。当然苏格拉底不会打人。他太斯文了。"最后的那个词听上去充满了怨恨。

她们继续聊天，但菲德拉坐在骡车上看到了别的东西。他们走在波江旁边一条狭窄的路上，有二十多支火把蜿蜒向他们这边走来。两支队伍相互喊话，虚张声势起来。婚礼的队伍遇到了一队狂欢的人，深夜离开婚礼游行队伍的人经常会遇到这群危险的人。

这队狂欢的人是在街上流动的派对。组成人员一般是年轻的贵族和他们的随从。有时是因为他们喝得烂醉以致被轰了出去，踉踉跄跄向前走的时候，不小心撞到别人身上。或者，整个派对解散后跑到城另一边去搞起更大的派对。无论如何，所有人都会照顾婚礼的队伍。这队狂欢的人应当让路。

但这一次，菲德拉的丈夫丧气又恐惧地唉声叹气："哦，以雅典娜的恩典起誓！求求你，不要！千万不要遇到亚西比德！”

一个年轻人穿过人群走上前来，他头上束着发髻，歪歪地戴着常春藤和紫罗兰编成的花环，铜色的鬈发在火光下闪闪发光。他看着菲德拉，露出一个大大的快乐的微笑，并给了她一个优雅到夸张的问候。菲德拉咯咯笑着把脸藏了起来。这就是臭名昭著的亚西比德。他看起来比她想象得的年轻得多。她的父母面无表情，赞西佩更是直截了当地瞪了亚西比德一眼。亚西比德越过羞涩的新娘，把注意力转向赞西佩，殷勤地问道：“相信你已经从那场灾难般的晚宴中恢复过来了。苏格拉底收到我送的蛋糕了吗？这样他就不会饿死了。”

菲德拉知道蛋糕的下场是怎样的。几乎可以肯定，亚西比德也知道。说到苏格拉底，雅典的谣言工厂非常高效。赞西佩一把夺走蛋糕，当街踩烂。之后，东西都让狗吃了。

苏格拉底对整件事持哲学态度。他只是耸耸肩问赞西佩知不知道她把她自己的那份蛋糕也踩坏了。眼下，愤怒的赞西佩向亚西比德跨了半步。菲德拉略感宽慰的是，赞西佩手里没有武器。以她目前的心情，如果有，她很可能会使用。

赞西佩

上文中多数关于赞西佩和苏格拉底之间的互动，都来自第欧根尼·拉尔修的《名哲言行录》第5卷，而踩烂亚西比德送出的蛋糕来源于伊良（Aelian）的《奇谭录》（*Assorted Histories*）12.12。这对不和的夫妻从未离婚，似乎不管发生了什么，他们都互相爱着对方。苏格拉底经常为赞西佩辩护，赞西佩为苏格拉底被判死刑感到悲痛万分，这段描述可见于柏拉图的《斐多篇》（*Phaedo*）60。

“这可不好。”一个老人生气地说，“亚西比德，让你的人让开。”说话的人是希波尼库斯（Hipponicus），他富有且享有极大声誉。他接受邀请参加婚礼时，菲德拉的母亲欣喜若狂。亚西比德似乎收敛起来。他向菲德拉挥了挥手，回到自己的队伍里，大家都嬉笑着迎接他。

“他又想干什么？”凯恩迪突然问道。亚西比德突然转身，脸上挂着奇怪的笑容走回到希波尼库斯面前。突然，他毫无征兆地朝希波尼库斯猛挥出拳，重重将他击倒在地。亚西比德的随从们发出一阵欢呼声，婚礼队伍中的人惊骇不已。

“你到底想干什么？”菲德拉的父亲问道。就连亚西比德自己都有些惊讶，他揉了揉拳头。

“我不是要和他动口角。”他解释道，“我没有生气。我只是开个玩笑。”亚西比德朝自己人打了个手势，他们已经笑得前仰后合了。“是他们逼我的。”

希波尼库斯的侄子一个箭步冲了上去，亚西比德的同伴冲过来护卫自己的领袖。参加婚礼的青年人纷纷扔下火把投入战斗。不一会儿，阴暗的街道上就挤满了吵闹、咒骂的男人和尖叫的女人。菲德拉坐在车上惊讶地看着这一切。谁能想到婚姻生活这么刺激？

街头斗殴不过一分钟，一股新的力量就加入了进来。来人全部文身且身材瘦削，利落地挥舞着短鞭。虽然只有不到十二个人，但他们非常冷静，是专业的战斗人员，只要有人表现出一丁点暴力倾向就立刻将其制服。没过多久，半数狂欢队伍都被五花大绑地捆在街上，旁边是鼻青脸肿、满腹牢骚的婚礼派对上的年轻人。火把被丢在泥里，旁边是踩坏的花环。

以铁血恢复秩序的是斯基泰弓箭手，相当于雅典的警察部队。指挥官是雅典议会一名身材结实的议员。他前来向弗尔米奥报告，老将军若无其事地听着，用左手小心翼翼地捂住右手流血的指关节。议员向着狂欢队伍的残党点点头。

“我早料到这些人是个麻烦，先生。所以我们一直小心跟着。抱歉牵连到您这边的年轻人。半个小时后，我会把他们都放了，他们还可以去参加您的聚会。只是请务必保证在室内进行。”

有一次，他打了希波尼库斯一拳。希波尼库斯是卡

利阿斯的父亲，卡利阿斯因其家族和财富具有很大的影响力。他们之间没有争吵，他也没有生气，只是和朋友打赌，开个玩笑而已。

普鲁塔克《亚西比德传》8

赞西佩一直在看囚犯（菲德拉注意到，她以为没人看到，狠狠踢了其中一个人一脚）。她问："亚西比德在哪里？""这个人就是这样，"弗尔米奥漠然地说，"等到他惹的麻烦都平息了，尘埃都落定了，要清算结果的时候，亚西比德永远都不在场。"

斯基泰弓箭手

人们认为这是由伯里克利建立起来的队伍。他们的工作是维持街道秩序，是雅典官员的执法者。在阿里斯托芬的笔下（《公民大会妇女》（*Assemblywomen*）143），他们曾试图制服一群不守规矩的人（但失败了）。"我的弓箭手力量很薄弱。"治安官承认。但后来他们成功了，一位旁观者是这样评价的："你可以看到，弓箭手把好几个不守规矩的醉汉拖出了市场。"

夜晚的第六个小时

（23：00—00：00）

舞剑人渐生情愫

阿瑞阿德涅（Ariadne）在花园里做拉伸运动，她的男朋友得墨忒里欧斯移动柔软的身体做出一套复杂的舞蹈动作，他闭着眼，伴着只有自己能听到的节奏起舞。演奏长笛的堤喀（Tyche）默默用手拨弄着音符——一会儿她就要表演了，但现在杂耍班子并不想打扰用餐者的雅兴。

他们的管理人“叙拉古人”——大家都这么叫，现在他自己可能也知道这个称呼了——在门口探了探头：“他们把桌子都搬走了。做好准备。”

阿瑞阿德涅和同伴们要为今晚的会饮提供娱乐表演。这是相当高级的娱乐，报酬也不错。叙拉古人简要地向大家介绍了今天在座的来宾。会饮的主办人是卡利阿斯，雅典最有权势的政治家之一。获得奖杯的运动员名叫奥托吕科斯，哲学家名叫苏格拉底，尼科拉图斯是政治家尼西阿斯的儿子，还有一个叫阿加森（Agathon）的小贵族，有两个朋友作陪。在场还有三个交际花，其中一个已经喝起了烈酒。

听到交际花的数量，吹长笛的女孩做了个鬼脸。女宾数量明显短缺，除非在场有两对男宾两两就伴——这种事经常发生——否则正常表演会变成彻头彻尾的狂欢。到那时，她自己也要来凑数，虽然事后会拿到慷慨的小费，但这也不是她所期望的理想结局。她自认是个音乐家（技术很好的音乐家），而不是妓女。

“不用担心。”叙拉古人向她保证，“交际花都知道要保持神志清醒，至于男宾，总会有人昏过去，这样要招待的数量就减少了。现在做好准备——他们要开始赞美诗环节了。”（会饮的第二部分一般要向诸神献上美酒和赞美诗，之后大家才开始喝酒。毕竟“会饮”的字面意思就是“一起喝酒”。）

赞美诗环节结束，三队人走近男人屋，管理人向大家做介绍。“首先，这是我们的长笛姑娘，她的演奏堪称完美。接下来，这位是技艺高超的舞女，艺术水平精湛。而这青春美丽的花朵，是一位舞姿无比优雅的男孩。”

堤喀给阿瑞阿德涅递去铁圈，一会儿她要用它来进行杂耍表演，这时突然传来雷鸣般的砸门声。卡利阿斯皱起眉，让仆人去看看。“如果是朋友就请进来，如果是别人就说会饮已经结束了。”

过了一会儿，院子里传来醉醺醺的声音：“阿加森在哪里呀？带我去找阿加森！”只见两个仆人搀着亚西比德摇摇晃晃地走了进来。

“你们好，朋友们。”他走到门口时说，“你们需要醉醺醺的人来参加聚会吗？或者让我把这个花环交给阿加森，我就是为这个来的，然后滚蛋？让我从头上把这个花环摘下来，给最美丽、最聪明的人戴上。

“你们是在嘲笑我喝醉了吗？是的，笑吧，我说的都是实话。你们先告诉我，你们答不答应？愿意和我一起喝酒吗？”

所有人都催他入席，亚西比德毫不费力地接过控制权：“你们喝得太少，我的朋友们。这绝对不行。想要我进去，我们就要一起喝酒。我可以来做这场宴会的主人，直到你们全都喝得酩酊大醉。

“给我一个大酒杯。不，这个仆人，你把那个冰酒器给我拿过来。”冰酒器一般是个装着冷水的陶瓶，用来冷却和稀释客人的葡萄酒。冰酒器里装满酒后，就变成了一大罐饮品。亚西比德将其一饮而尽。

他摇晃得很明显，对仆人命令道：“再把这个给苏格拉底满上。朋友们看好了，这个给这么聪明的人喝真是浪费。他全都喝下，也不会醉一丁点。”

苏格拉底一句话都没有说，把酒喝光了。

最后，阿瑞阿德涅终于可以开始表演了。堤喀用夸张的节奏帮阿瑞阿德涅控制时间。男人们——都是老兵——听出这是一首著名的行军曲，劲头十足地跟着唱了起来。得墨忒里欧斯又递了三个铁圈，阿瑞阿德涅手里已经有六个铁圈在杂耍了，铁圈高高抛起，几乎和椽子一样高。为了更好地展示技巧，她一边接抛一边跳起舞来，时间掌握得刚刚好。

观众热情洋溢地称赞起来，但阿瑞阿德涅相当专心，几乎没有注意到。她把圈扔得又高了一些，看都没看就接住了得墨忒里欧斯递给自己的新圈。已经十个圈了，掌声雷动。

衣着优雅的音乐家手持竖琴，说明她拿到了一个酬劳不菲的演出机会

越来越高……越来越高……铁圈几乎碰倒了天花板。阿瑞阿德涅一边跳舞，一边向得墨忒里欧斯点了两下头——示意她还能再接两个圈。

击圈、接圈、扔圈。她抓住最后一个，扔、跨、扔——现在空中有十二个圈，阿瑞阿德涅的时间越来越紧。当圈落下来的时候，她把它们扔向得墨忒里欧斯，放在旁边的桌上。这个时候，堤喀跟上，在最后一个圈落在桌上时一曲终了。阿瑞阿德涅微微喘息着鞠了一躬。

苏格拉底轻轻把靠在他臂弯上打盹的亚西比德移开，带头鼓起了掌。他评论道："先生们，这个女孩的表演说明女人和男人拥有相同的天性。这只是众多佐证中的一个。女性只是在力量和（年轻时）判断力上有所欠缺。你们这些有妻子的人应当尽力教导她们，这样你们才能成为真正的伴侣。"

一个酒客立刻反驳："如果你苏格拉底真是这么想的，为什么不教导一下你的妻子呢？她和其他结婚的女人一样，像黄马似的野蛮，我想所有妻子都是一样的。"

"好。"苏格拉底回应道，"我就沿用你的比喻。所有希望成为顶尖骑手的人都说：'我不希望驯服动物，要放弃缰绳。马需要有灵魂。'"他觉得如果能管好这样的生物，那么马都变成了小孩子的玩具。

"对我来说，我希望成为人群中的一员，教导人类。所以我选择和充满活力的妻子生活在一起，如果我能和她相处，自然也就能和其他人相处。"

当他们尚在讨论的时候，杂耍班子拿出了一个大圆环，看起来非常壮观。圆环几乎和阿瑞阿德涅一样高，周围有一圈剑刃，剑刃指向内侧，中间只留下一个狭窄的缝隙。得墨忒里欧斯举着圆环的一边，叙拉古人举着另一边，堤喀的长笛快节奏地吹了起来。

还没等观众反应过来，阿瑞阿德涅一下穿过了剑环，打着滚落地。她脱下外衣，露出一条非常短的裙子和紧紧的裹胸。然后，她又一个筋斗穿过了圆环，剑仿佛是擦着她的脚踝过去的。落地后，她看了看，发现脚完全没有受伤，便做了一个后空翻。越过环后，她立刻抬起脚，用双手着地。在这紧张的一刻后，她弯下腰，翻滚着穿过了铁环。

阿瑞阿德涅这样迅速重复了三遍，看得观众万分恐惧，求她停下来。但她沉着冷静，没有发生任何意外，在铁环之间前前后后地翻滚，在敬畏的寂静中完成了一系列表演，获得一片掌声。

“好吧。”苏格拉底最后说道，“你们已经看到了，一个小女孩——还不能算是女人——能如此大胆地行走在剑锋之间，我们还能否认勇气源自训练吗？勇气难道教不出来吗？”

“确实不可否认。”有人信服地回应，“不，可以让我们的朋友叙拉古人去告诉雅典当局——只要价格足够高——他可以让所有雅典人有勇气近距离面对敌人的长矛。那个跳舞的女孩可以证明他能做得到。”

是时候让阿瑞阿德涅休息一下了，于是她退下去梳洗一番，得墨忒里欧斯以波状的舞姿登场，宛如蛇一样无骨，而堤喀用长笛演奏起萦绕人心头的曲子。阿瑞阿德涅洗澡换好了衣服，在音乐声中放松了下来。

她是被笑声惊醒的。那是一种包含着欢愉、惊奇、淫荡的笑声。得墨忒里欧斯起舞时，常会表达这样的情绪。但这快乐从何而来？她偷偷看了一眼，发现得墨忒里欧斯正在休息。是苏格拉底正淫荡地扭动着身体，胡须随着他摇摇晃晃的大肚子来回摇摆。堤喀努力想稳住调子，但总是不专业地咯咯笑出声来。

“怎么了？”苏格拉底表情严肃地斥责房间里的人，“你们都笑了，这让我很高兴。但我只是想通过锻炼提高身体素质，吃得好一点、睡得好一点也很好笑吗？我不想当长跑运动员，双腿鼓鼓的，肩膀瘦瘦的，我也不想以双腿为代价做个只锻炼臂膀的拳击手。舞蹈是一项全身运动，身体可以得到均匀的锻炼。”

他转了一个圈。

“还是说，以后我不需要再去体育场练习摔跤了，你们觉得很有意思？确实是这样，我再也不用去公众场合展示我这把老骨头了。冬天我会在室内锻炼，夏天我都去阴凉处锻炼。你还在笑。是因为我想让这过度发育的肚子小一点吗？是因为这个吗？”

他转向叙拉古人：“节目惊险刺激，但在剑尖上翻跟头这么危险的动作并不适合当下的气氛。你们这群年轻人愿意在舞蹈中加些哑剧的内容吗？我想你们自己也会喜欢，在这个过程中，庆典还会赋予它我无法赋予的优雅和魅力。”

“真是个好主意！”叙拉古人惊呼，“稍等我一下。”他冲到后面的房间，堤喀、阿瑞阿德涅和得墨忒里欧斯正兴奋地挤在一起。没过多一会儿，大家就有了主意，这个灵感来源于阿瑞阿德涅的名字——克里特岛的阿瑞阿德涅，米诺斯国王的女儿。

所有观众都知道，阿瑞阿德涅在帮助忒修斯杀死弥诺陶洛斯（Minotaur）的过程中发挥了重要的作用，她给了忒修斯一根金线，引导他穿越迷宫。在那之后，忒修斯带着阿瑞阿德涅从克里特岛私奔，但忒修斯背信弃义，在纳克索斯岛将情人遗弃。但阿瑞阿德涅还是笑到了最后，酒神狄俄尼索斯看到了这个凄凉的少女，将她收为自己的新娘。

舞蹈会在婚礼结束时跳起来，狄俄尼索斯送走了最后的宾客，领走了他的新娘。

观众看得聚精会神，阿瑞阿德涅坐在临时搭起的宝座上，堤喀奏起酒神欢饮的曲子。阿瑞阿德涅依然端坐着，她的目的非常明确。

得墨忒里欧斯轻轻来到她面前跳舞，他给了她温柔的拥抱，阿瑞阿德涅也假装害羞地抱住他，二人随着音乐的节拍摇摆。得墨忒里欧斯把她举起来，二人时而紧紧相拥，时而跳起芭蕾一样自由的步伐。

得墨忒里欧斯和阿瑞阿德涅是一对完美的组合：年轻、

健壮、美丽。随着舞蹈的进行，观众逐渐发现，二人的激情不是假的——实际上两个人已经忘了观众，只为自己起舞。这不是哑剧，而是两个年轻人长久埋在心底的东西。

“你爱我吗？”得墨忒里欧斯把阿瑞阿德涅拥进怀中小声问。

“爱。”她恳切地回应。

会饮

会饮这最后一小时的内容主要来自柏拉图、色诺芬以及我自己。主要贡献人是色诺芬，古典主义者可以看到，《会饮篇》之九中哲学揶揄的部分也已经去掉了。阿瑞阿德涅舞剑、苏格拉底不那么优雅的舞蹈，以及阿瑞阿德涅和得墨忒里欧斯最后的舞蹈都是色诺芬描述的。

柏拉图的贡献是亚西比德出现的场景，我猜想也许他是从小巷越轨的行为中脱身而来的。亚西比德占据了会饮剩下的时间，和他一直以来惹人嫌的样子没什么不同，于是我悄悄将他一头击昏，把发言权交给了苏格拉底和阿瑞阿德涅。至于我自己的贡献是给剧情增添连续性，进行编辑和翻译。毕竟有了实际目击者的记述，也没有什么需要补充的内容了。

得墨忒里欧斯把她搂在怀里，熟练地旋转，引她走向后面的房间，那里有一把不错的椅子。他们没有注意到，午夜时分刚好过去，就像他们没有注意宴会上的客人们一样，他们离开了客人，以自己喜欢的方式开始了新的一天。

后记

亚西比德最终开启了叙拉古远征，率领着庞大的海军和部队向叙拉古城发起进攻。不久后，他就被解除了指挥权召回雅典，敌对人士质控他犯了渎神罪。指挥权就这样落在了尼西阿斯身上，但他从一开始就对这个计划不感兴趣。

在经历了一系列严重的挫折后，雅典人——一般会加倍努力——向西西里岛派出了规模更大的舰队和军队。在希腊最大规模的军事崩溃中，整个武装力量被彻底摧毁了。

斯巴达人趁机向雅典宣战。他们拿着波斯人提供的大量资金，利用复仇心切的亚西比德战略上的弱点，即军队不返回雅典，进行了报复性的攻击。

雅典依然奋战到底，经过近十年的艰苦战斗，这座城市失去了最后的舰队和军队，无助被困的雅典人被迫向斯巴达投降。城墙再次被推倒，令人憎恶的克里提亚斯成为斯巴达控制雅典的傀儡。

但雅典终究是雅典，这座城市的活力又回来了。在一场剧烈的变革后，民主得以恢复，城墙再次重建。雅典依然对斯巴达嗤之以鼻，不断向世界输送着演说家和哲学家。

但情况自此开始变得不同了。

图片信息

第009页：雕塑家罗拉多·塔夫特（Lorado Taft）制作的菲狄亚斯工作室微型场景，伊利诺伊大学档案馆授权使用照片。

第021页：喜剧缪斯塔利亚，来自巴黎卢浮宫雕刻着缪斯的石棺 / Marie-Lan Nguyen，Wikimedia Commons，公共版权。

第033页：©大英博物馆理事会。

第041页：勒诺尔芒三列桨战船浅浮雕（Lenormant Trireme Relief），雅典卫城博物馆 / Marsyas，Wikimedia Commons，CC BY-SA 2.5。

第056页：雅典银质德拉克马，法国国家图书馆/ Marie-Lan Nguyen，Wikimedia Commons，CC BY-SA 2.5。

第063页：DeAgostini / Getty Images.

第073页：The LIFE Picture Collection / Getty Images.

第083页：庞贝马赛克镶嵌画，意大利那不勒斯国家考古博

物馆 / Marie-Lan Nguyen，Wikimedia Commons，公共版权。

第095页：红绘双耳喷口杯（陶器），古希腊（公元前4世纪）/ 意大利西西里切法卢考古博物馆 / Bridgeman Images。

第104页：阿喀琉斯为受伤的帕特洛克勒斯包扎手臂。根据陶工索西亚斯的阿提酒卡杯绘制的钢笔画，约公元前500年，柏林老博物馆 / Wellcome Foundation CC BY 4.0。

第116页：雅典妇女红陶塑像，公元前5世纪上半叶，沃尔特·C. 贝克（Walter C.Baker）遗赠，1971年，纽约大都会艺术博物馆。

第131页：帕特农神庙饰带浮雕上的骑兵，约公元前477—公元前433年，大英博物馆 / Marie-Lan Nguyen，Wikimedia Commons，公共版权。

第141页：陶瓶上的重装步兵细节，Phokion，Wikimedia Commons，CC BY-SA 4.0。

第151页：《芙里妮现身最高法院》（*Phryne Before the Areopagus*），让-巴蒂斯特·德哈斯[Jean-Baptiste Dehays，法国科勒维尔（Colleville）]，1729—1765年，巴黎 / 罗杰斯基金会（Rogers Fund），1961年，纽约大都会艺术博物馆。

第157页：《来自马拉松传递胜利消息的使者》（*Der Siegesbote von Marathon*），青铜，马克斯·克鲁泽（Max Kruse），1884年，柏林国家美术馆 / akg-images。

第170页：长墙地图，见《雅典及其历史遗迹》（*Athens and its Monuments*），查尔斯·海德·韦勒（Charles Head

Weller），麦克米伦出版公司，纽约，1913年。

第185页：Falkensteinfoto / Alamy.

第188页：陶土油灯，公元前5世纪，保罗·盖蒂博物馆。

第203页：阿提卡红绘基里克斯陶杯的内部，约公元前490年，伦敦大英博物馆 / Marie-Lan Nguyen，Wikimedia Commons，公共版权。

第213页：木版画，见《希腊与罗马》（*Hellas und Rom*），雅各布·冯·法尔克（Jakob von Falke）、W. 施佩曼（W. Spemann），斯图加特，1879年 / akg-images。

第223页：Granger / REX / Shutterstock.

第236页：红绘婚礼陶器，被认为是那不勒斯画师的手笔，罗杰斯基金会，1906年，纽约大都会艺术博物馆。

第246页：黑绘陶瓶，被认为是阿玛西斯画师的手笔，约公元前550—公元前530年 / 购置，原属于沃尔特·C. 贝克，1956年，纽约大都会艺术博物馆。

第255页：照片版权属于菲利普·马蒂塞克。

参考文献

用于准备本书的现代文本

Camp, J. *The Athenian Agora* 1986

Davidson, J. *Courtesans and Fishcakes* 1997

De Sainte Croix, G. E. M. *Origins of the Peloponnesian War* 1972

Garland, R. *The Piraeus: From the Fifth to the First Century BC* 1988

Gill, D. 'Hippodamus and the Piraeus' *Historia* Bd. 55, H. 1, pp. 1 - 15 2006

Jankowski, C. *Hippocrates* 2007

Just, R. *Women in Athenian Law and Life* 1999

Matheson, S. B. *Polygnotus and Vase-Painting in Classical*

Athens 1995

Matyszak, P. *Ancient Magic 2019, and Sparta: Fall of a Warrior Nation* 2018

Meiksins Wood, E. *Peasant-Citizen and Slave: The Foundations of Athenian Democracy* 1989

Morrison, J. S. & Coates J. F. *The Athenian Trireme* 1986

Osborne, R. *The World of Athens* 2008

Parke, H. W. *Festivals of the Athenians* Ithaca 1977

Parker, R. *Athenian Religion: A History* 1996

Robson, J. *Aristophanes: An Introduction* 2009

Santi Russell, F. *Information Gathering in Classical Greece* 2000

Signe, I & Skydsgaard. J. E. *Ancient Greek Agriculture: An Introduction* 1995.

Slater, W. J. (ed.) *Dining in a Classical Context* 1991

作者引用、参考或抄写过的古代作家作品

Aelian, *Assorted histories* 242

Alciphron, *Letters* 199

Alexander, *Successions of Philosophers* 93

Antiphon, *Against the stepmother for poisoning* 148

Apuleius, *Golden Ass* 101

Archestratus, *The Gastronome* 97

Aristophanes

Archanians 80, 176, 202

Knights 29

Clouds 30, 123

Lysistrata 24

Frogs 48

Peace 103

Assemblywomen 244

Aristotle

Athenian constitution 59

Politics 145, 190, 193

Athenaeus, *Deipnosophists* 174, 175, 198

Cicero

De Oratore 12

Ad Atticus 194

Demosthenes, *Orations* 124

Diogenes Laertius, *Lives and Opinions of Eminent Philosophers* 93,194, 242

Herodotus, *History* 164, 215, 219, 227

Hippocrates, *Medical Writings* 108

Hippodamus, *Elements of City Planning* 189

Hippolytus of Rome, *Refutation of Heresies* 81

Homer

Plutarch

Alcibiades 125, 243

Pericles 173, 196, 235

Polybius, *Histories* 14

Pseudo–Apollodorus, *Bibliotheca* 42

Sophocles fragment, 175

Tabulae Curatorum Navalium 50

Thucydides, *Peloponnesian War* 54, 58, 61, 223, 233

Xenophon

Hellenica 52

Memorabilia 85, 138

On horsemanship/Cavalry commander 127

Cyropaedia 220

Symposium 246